Piégé
dans le corps
d'un extraterrestre !

Lower

BIOGRAPHIE

Todd Strasser a fait ses débuts dans la presse écrite, puis il s'est mis à écrire régulièrement des nouvelles pour la radio et la télévision. À deux reprises, il a reçu le prix des libraires, American Library Association's Best Book for teens. Ses ouvrages ont été traduits en une dizaine de langues.

Avis aux lecteurs

**Vous êtes nombreux à nous écrire
et nous vous en remercions.
Pour être sûrs que votre courrier arrive,
adressez vos blagues, vos gags
et autres histoires drôles à :**

Bayard Éditions Jeunesse
Collection Délires
3/5, rue Bayard
75008 Paris

Piégé
dans le corps
d'un extraterrestre !

COLLECTION DELIRES

TODD STRASSER

**TRADUIT DE L'AMÉRICAIN
PAR BERTRAND FERRIER**

47851

BAYARD JEUNESSE

À Sophie, Nina, Megan et Felix Ryan

Titre original
Help! I'm trapped in an alien's body!
© 1999, Todd Strasser
Tous les droits réservés. Reproduction, même partielle, interdite.
© 2002, Bayard Éditions Jeunesse
pour la traduction française
Dépôt légal mai 2002
Loi n° 49 956 du 16 juillet 1949
sur les publications destinées à la jeunesse

ISBN : 2 747 004 95 3

Imprimé en France par BRODARD ET TAUPIN
Dépôt légal : avril 2002
N° d'Éditeur : 7201 – N° d'impression : 12080

AVERTISSEMENT !

Que tu aimes déjà les livres ou que tu les découvres,
si tu as envie de rire, la série **Délires** est pour toi.

Attention, lecteur !

Tu vas pénétrer dans un monde excitant,
où l'humour et la fantaisie te donnent rendez-vous
pour te faire rigoler et peut-être pleurer...
mais de rire !

1

Dans la salle de conférence du Centre scientifique, les haut-parleurs ont grésillé :

«Message personnel, message personnel... Mme Hutedanlfon est priée de se rendre à l'accueil. Son fils Sacha l'y attend. Je répète : Mme Hutedanlfon est priée de se rendre à l'accueil. Son fils Sacha l'y attend. Merci.»

À côté de moi, mes amis, Josh Hopka et Andy Kent, se mordaient les poings pour ne pas éclater de rire. J'avais à peine éteint le micro qu'ils ont explosé.

– Trop fort, Jake! m'a félicité Josh.

– «Ça chahute dans l'fond»! C'est... c'est... excellent! a hoqueté Andy.

– À toi de jouer, Andy. On va voir ce que t'as dans le cerveau.

– On va déjà voir s'il a un cerveau! a rectifié Josh.

La remarque de Josh nous a tellement fait rigoler que nous n'avons pas entendu la porte s'ouvrir. Soudain, quelqu'un s'est raclé la gorge. C'était M. Dupond, notre professeur de sciences, que nous appelons Pondu. Il nous observait depuis le seuil, les mains sur les hanches et le regard fatigué. Soudain, il a levé les bras au ciel et s'est écrié :

– Mais quand donc allez-vous grandir, mes enfants ?

– Euh... dans une dizaine d'années? a suggéré Andy.

– Dans une dizaine de *milliers* d'années, pour toi! a corrigé Josh.

Pondu a froncé les sourcils, agacé :

– Vous croyiez vraiment que je ne remarquerais pas votre absence?

– C'est la faute de Jake, monsieur! est intervenu Josh courageusement.

J'ai failli m'étrangler d'indignation :

– Quoi ? Mais pas du tout ! C'était l'idée d'Andy.

– Non, Jake, arrête de dire n'importe quoi, a lâché Andy en me fixant droit dans les yeux. C'est toi qui nous as forcés à te suivre. Nous, on aurait préféré rester en cours, monsieur, et de loin…, a-t-il ajouté, la voix vibrant d'émotion, à l'intention de Pondu.

– Ça suffit ! a tranché notre professeur. Votre petit sketch ne m'amuse pas du tout. Retournez auprès de vos camarades, et que je ne vous y reprenne plus.

La tête basse, nous sommes repartis vers la salle vidéo, où les autres élèves de la classe regardaient un documentaire sur les dernières découvertes de la NASA[1], qui avait été diffusé la veille. Nous nous étions éclipsés le plus discrètement possible une demi-heure plus tôt, mais Pondu avait fini par repérer nos places vides…

– Vous me décevez beaucoup, tous les trois, mais surtout toi, Jake. Non seulement tu ne m'as pas encore rendu ton exposé sur l'espace, mais en

_____
1. La NASA est l'agence spatiale américaine.

9

plus tu t'en vas au milieu du cours pour aller faire l'idiot avec tes copains !

– Désolé, monsieur Pon... euh, monsieur Dupond, ai-je répondu. C'est pas contre vous... C'est juste que, franchement, l'espace, ça ne m'intéresse pas du tout.

– Et avoir une mauvaise note sur ton bulletin, ça t'intéresse ?

– Wouah, les mecs ! s'est écrié Andy avant que j'aie pu répondre. Matez-moi un peu ça !

Il désignait des vitrines qui abritaient des poissons d'eau profonde empaillés. La plupart avaient des yeux énormes, des bouches immenses et des dents gigantesques.

– Pfff ! a lâché Josh. À part ta mère, Andy, je n'ai jamais vu de créatures aussi horribles.

– Moi, ça ne m'impressionne plus, a répondu Andy. À force de te côtoyer tous les jours, Josh, j'ai l'habitude des trucs épouvantables...

– Taisez-vous, idiots ! a lancé Pondu d'une voix ferme. Ces poissons sont des merveilles de la nature. Ils sont parfaitement adaptés à leur environnement, pourtant extrêmement hostile. C'est cela aussi, la beauté !

Josh, Andy et moi avons échangé un regard dubitatif.

– Si vous le dites, monsieur…, a marmonné Josh.

– À propos d'environnement hostile, vous avez vu qu'il va geler ce week-end? a lancé Andy.

Josh a hoché la tête :

– Pourvu qu'on puisse quand même jouer au foot, dimanche…

– Vous avez un match de foot, ce dimanche? a repris en écho notre professeur. Quel dommage que j'aie une conférence! Sinon, je serais venu bien volontiers…

– Excusez-moi, monsieur Dupond, l'ai-je coupé en indiquant les vitrines qui bordaient le couloir, mais, honnêtement, qu'est-ce que vous trouvez d'intéressant à ces espèces de pierres?

– Ce ne sont pas des «espèces de pierres», Jake! Ce sont des météorites. Elles viennent de l'espace. Certaines ont été rapportées de Mars. Leur analyse pourrait prouver qu'il existe une forme de vie sur la planète rouge.

– Ah ouais? Une forme de vie? a ironisé Andy. Et quelle forme? Rectangulaire? Ronde? Carrée?

Josh et moi nous sommes esclaffés bruyamment.

Pondu nous a foudroyés du regard :

– Ne vous faites pas plus idiots que vous ne l'êtes !

– Vous avez vu la tête des Martiens ? a protesté Andy. On dirait des crottes de nez en pierre !

– Les Martiens n'existent pas, trancha Pondu, pas plus que les extraterrestres, à notre connaissance.

– Alors, il n'y a pas de vie sur Mars ?

– Si, mais sous forme de bactéries. Rien qui ressemble à un extraterrestre comme vous l'imaginez...

Nous étions arrivés devant la salle vidéo. À cet instant, la célèbre journaliste Rachel Star apparaissait sur l'écran du téléviseur. On entendait la voix du présentateur :

« Rachel, vous êtes en direct du télescope géant d'Arecibo, à Puerto Rico.

– Tout à fait, Terry.

– De mystérieux signaux y ont été détectés ces derniers jours. Est-ce que vous pouvez nous en dire plus ?

– Écoutez, Terry, même si les scientifiques font preuve ici d'une remarquable discrétion, il semble se confirmer que des signaux ont bien été détectés par le télescope. Leur nature, pour le moment, est inconnue, mais on évoque une forme de vie évoluée, d'origine extraterrestre.»

Un cri de stupeur s'est élevé dans la salle.

– Alors, comme ça, les extraterrestres, ça n'existe pas? a chuchoté Josh à l'oreille de Pondu.

2

Sur l'écran, Rachel Star continuait : « Bien évidemment, la prudence s'impose, et... »

Plus personne ne l'écoutait. Les commentaires allaient bon train.

– J'hallucine grave ! piaillait Julia Saks, hystérique. Des extraterrestres !

– Mars attaque ! Tous aux abris ! a hurlé Alex Silver avant de plonger sous sa table.

– S'il vous plaît, un peu de science... je veux dire, de silence ! a réclamé notre professeur. Vous l'avez entendu comme moi : les astronomes ne sont pas sûrs que les signaux mystérieux proviennent d'extraterrestres. Ce n'est peut-être qu'une exagération de journalistes. Il faut attendre d'autres informations pour se prononcer.

Le voyage de classe au Centre scientifique touchait à sa fin. Nous avons quitté la salle vidéo pour regagner notre bus. Quand nous sommes repassés devant les météorites, je n'ai pas pu me retenir. J'ai lancé :

– N'empêche, si les extraterrestres ressemblent à ça, ils ne doivent pas rigoler tous les jours...

Andy m'a pris par l'épaule :

– Mais tu n'as rien compris, Jake ! Les Martiens, ce sont des bactéries. N'est-ce pas, monsieur Dupond ? Ce sont des bactéries qui lancent des signaux intelligents.

– Comme si tu savais ce que ça veut dire, «bactérie» ! a ricané Josh.

– Comme si tu savais ce que ça veut dire, «intelligent» ! l'a singé Andy.

Tandis qu'on se dirigeait vers la sortie, notre professeur m'a demandé à voix basse :

– Euh, Jake... Pourrais-tu me rendre un service ?

J'ai soupiré profondément, m'attendant au pire :

– Ça dépend quel genre de service.

– Je dois faire une démonstration de mon système de transfert d'intelligence demain matin, et j'ai besoin d'un cob… d'un assistant.

Le Système de Transfert d'Intelligence de Dupond, appelé également STID, était une machine inventée par Pondu en personne. Il était censé permettre de transférer l'intelligence d'une personne vers une autre. Génial ? Pas vraiment ! Car, la plupart du temps, le STID se contentait d'intervertir leurs corps.

– Mais demain, c'est samedi ! Pourquoi est-ce que je viendrais au collège un samedi ?

Pondu a baissé la voix d'un ton :

– Écoute, Jake, il m'arrive quelque chose de… d'extraordinaire. Le professeur Archibald Orwell, le *grand* professeur Archibald Orwell lui-même, de l'Académie des sciences de Grande-Bretagne, va donner une conférence près d'ici, dimanche. Et il a accepté de venir voir mon invention samedi !

– Je suis content pour vous, mais je ne comprends toujours pas ce que j'ai à gagner…

– Disons que je pourrais t'accorder un délai pour

ton devoir sur l'espace. Par exemple, jusqu'à lundi... Qu'en penses-tu?

– De quoi vous voulez que je parle, dans mon devoir? J'ai rien à raconter, moi...

Pondu a souri :

– Eh bien, étant donné les derniers événements, pourquoi n'écrirais-tu pas quelque chose sur la possibilité de l'existence d'une vie extraterrestre?

3

Cette après-midi, j'avais décidé de tuer le temps en zappant sur notre télé dernier cri. Avec son écran plat super géant et le son dolby stéréo surround, elle transformait la moindre émission de variétés en film à grand spectacle. Trop bien !

Mes parents sont entrés dans le salon. Ils étaient prêts à sortir, un manteau chaud sur les épaules :

– Alors, elle te plaît, notre nouvelle télé ? m'a demandé papa d'une voix vibrante de fierté.

– Elle est géniale ! ai-je répondu avec enthousiasme.

J'ai plongé la main dans un mini-sachet de chips, et j'ai essayé de le laisser ouvert sans qu'il se renverse. Pas facile ! Au bout d'un moment, j'ai abandonné, et j'ai carrément pris le paquet dans la bouche. Il me suffisait de le relever de temps à autres pour gober les chips qui en tombaient.

– Euh, Jake, mon chéri…, a commencé maman.

– Boui ? ai-je lâché, la bouche pleine.

– J'aimerais bien que tu ne fasses pas que regarder la télé…

– Be regarde enbore un beu et abrès, j'ébeins, bromis.

– Est-ce que tu pourrais reposer les chips et détourner les yeux de l'écran, le temps de nous dire au revoir ? m'a défié maman.

En soupirant, je lui ai montré que oui, c'était envisageable. Puis je me suis renseigné :

– Vous allez où ?

– Jake, a soupiré mon père, on te l'a déjà dit trois fois : on va à la foire, à Denver. Tu ne t'en souviens pas ?

– Si, si, je m'en souvenais. C'était juste pour voir si, vous, vous vous en souveniez… Alors, amusez-vous bien !

Dans la cuisine, ma grande sœur, Jessica, était occupée à touiller une espèce de truc jaune avec des bidules marron et rouge qui flottaient dans la marmite. Depuis quelque temps, elle passait son temps libre à mijoter des horreurs qu'elle appelait des «mets pour gourmets».

– Tu sais ce qui est vraiment, vraiment triste? m'a-t-elle demandé après avoir rajouté une grosse poignée de poivre dans son chaudron.

– Euh… oui, que tu ne sois pas capable de faire un truc mangeable pour dîner, genre cheese-burger, ai-je répondu.

Elle a écarquillé les yeux:

– Non, ce n'est pas de ça que je voulais te parler. J'étais juste en train de penser que c'était vraiment triste que papa et maman soient obligés de partir en voyage d'affaires juste le week-end où tu joues ton match le plus important de l'année: la finale du championnat!

– Ils n'avaient pas le choix. C'est leur boulot.

– Peut-être… J'ai l'impression que plus personne ne sait profiter des joies simples…

– Mais si, moi, j'aime bien les joies simples, l'ai-je rassurée. C'est pour ça d'ailleurs que je préférerais que tu fasses des cheeseburgers pour dîner, plutôt que ce machin dégueulasse, là...

Furieuse, Jessica m'a tourné le dos et s'est remise à touiller sa mixture.

– Adieu, cheeseburger du soir ! ai-je soupiré en quittant la pièce. J'aurais tellement aimé te rencontrer !

Le lendemain matin, aux infos, ils ont encore parlé du signal mystérieux que la NASA avait capté.

Mais aucune trace visible d'OVNI n'avait été repérée, si bien que les astronomes commençaient à se demander s'ils n'avaient pas confondu un parasite avec un Martien.

C'était exactement ça que j'avais envie d'entendre. J'ai pris une copie double et j'ai rédigé mon exposé.

« Les extraterrestres existent-ils ? »
Un exposé de Jake Sherman
Sur une idée originale de Sherman & Dupond
Scénario : Jake Sherman
Consultant scientifique : Jake Sherman
Une production Jake Sherman
réalisée par Jake Sherman
Jake Sherman remercie Jake Sherman
pour sa précieuse collaboration

Après y avoir longuement réfléchi, j'ai décidé qu'il n'y avait pas de vie sur les autres planètes. Donc, non, les extraterrestres n'existent pas.

FIN

Après cet effort surhumain, j'ai jeté un œil par la fenêtre. Je n'avais vraiment pas envie de sortir. Quel idiot j'avais été de promettre à Pondu de l'aider à montrer son maudit STID ! Mais il était trop tard pour reculer. Je me suis équipé comme un explorateur à l'approche du pôle Sud, et j'ai ouvert la porte.

Brrrrr! Non seulement la température ne s'était pas adoucie, mais, pour tout arranger, il y avait un petit vent glacial qui soufflait dans la rue... Des vagues de feuilles mortes inondaient la chaussée. J'avais tellement froid que j'ai vérifié par deux fois si je n'étais pas sorti en maillot de bain par erreur.

– Hé, Jake! a crié quelqu'un.

Je me suis retourné, m'attendant à voir débouler le grand méchant yéti. Ce n'était que Josh, Andy et Alex Silver. Ils portaient leurs survêtements de football, sur lesquels ils avaient passé de vieux manteaux. Andy avait mis une cagoule de nase. On aurait dit un gros nul qui s'apprêtait à attaquer une banque.

– C'est galère de devoir s'entraîner par un froid pareil! a-t-il lancé à travers son masque de laine.

– Plains-toi! Au moins, vous, vous pouvez vous réchauffer en courant, a gémi Alex alors que nous marchions vers le collège. Vous imaginez comment on se gèle quand on reste planté dans les cages?

– Où sont tes affaires, Jake? m'a demandé Josh.

– Désolé, les gars! Aujourd'hui, l'entraînement, c'est sans moi!

Les autres m'ont regardé, stupéfaits.

– C'est quoi, ce délire ? a lancé Andy.

– Il fait trop froid.

– Attends, Jake, c'est une séance super importante ! m'a rappelé Alex. Y a la finale du championnat, demain !

– Pfff, de toute manière, s'il glaglate autant demain, je ne jouerai pas.

Josh m'a pris par le bras :

– Tu ne peux pas nous lâcher comme ça, Jake ! Tu es notre seul goal remplaçant !

– Les goals, ça ne se blesse jamais, ai-je rétorqué.

Mes copains étaient sous le choc. Andy m'a regardé comme si j'étais un extraterrestre :

– Mais alors… pourquoi tu vas au collège ?

– Pondu m'a demandé de lui filer un coup de main.

Nous avons marché un moment en silence.

Une fois devant le collège, Josh, Andy et Alex ont insisté pour que je vienne au moins le lendemain. J'ai promis d'y réfléchir, et j'ai foncé vers le laboratoire de Pondu. J'ai frappé à la porte. Mon professeur m'a accueilli avec un grand sourire :

– Je suis content que tu aies pu venir !

Je suis entré dans la pièce. Le STID trônait près de

la fenêtre. C'était une grande console d'ordinateur, avec des fauteuils des deux côtés et des tas de petites lumières tout autour.

Mais ce qui a attiré mon attention, c'était le... enfin, celui qui se tenait à côté du STID et qui regardait dehors. Je n'avais jamais vu un... une... comment dire... une personne aussi bizarre !

4

Pondu s'est approché de l'homme d'un pas res-
pectueux. L'individu était plus petit que lui et portait un grand manteau noir, qui descendait jusqu'au sol. Impossible de voir son visage : il était
entièrement camouflé par un grand chapeau noir
et des lunettes de soleil.

Pondu a fait trois petites courbettes devant son
visiteur, lequel continuait à regarder par la fenêtre
comme si nous n'existions pas.

— Éminent professeur Orwell, a dit Pondu d'une
toute petite voix, j'aimerais vous présenter l'un de

mes meilleurs élèves, Jake Sherman.

Le professeur Orwell s'est détourné de son poste d'observation et, dans son extrême bonté, m'a gratifié d'un signe de tête. Je pensais qu'il allait me serrer la pince ; mais non, il a gardé les mains dans les poches de son manteau.

— Le professeur est un trrrrrrès grrrrrrand spécialiste des méthodes d'apprentissage, m'a expliqué Pondu de manière que son invité l'entende distinctement. C'est pourquoi il veut voir comment fonctionne mon système de transfert d'intelligence.

Pondu a bombé le torse, attendant sans doute un compliment. Mais le professeur Orwell n'a pas pipé. Plus je le regardais, plus je le trouvais étrange… inquiétant, même.

— Bon, et moi, c'est quoi, mon rôle dans cette histoire ? ai-je demandé, un peu nerveux.

Pondu m'a regardé avec des yeux grands comme des soucoupes :

— Mais enfin, je… Je pensais que tu avais compris, Jake ! Je vais me servir du STID pour transférer le savoir du professeur Orwell dans mon esprit, pendant que lui-même recevra toutes mes connaissances. C'est la meilleure manière de procéder à la démonstration, non?

À mon tour, j'ai dévisagé mon prof comme s'il venait d'une autre planète. Il délirait, ou quoi?

– Euh, monsieur Dupond, je pourrais vous dire deux mots en tête à tête?

– Bien sûr, Jake.

Pondu a encore fait trois révérences après s'être tourné vers son visiteur:

– Veuillez nous excuser, professeur. Jake et moi serons à vous dans une minute.

Le professeur Orwell a acquiescé en silence avant de regarder de nouveau par la fenêtre.

– Qu'est-ce qu'il y a, Jake? a chuchoté mon prof, une fois dans le couloir.

– Il y a que je m'inquiète! Excusez-moi de vous le signaler, mais votre STID n'a *jamais* marché correctement!

– C'est de l'histoire ancienne! a fanfaronné Pondu. J'ai procédé aux réglages qui s'imposaient et, cette fois, le STID va fonctionner comme prévu, je peux te l'assurer.

– Vous aviez dit exactement la même chose avant le dernier ratage, lui ai-je rappelé.

– Je te le promets, Jake, il n'y aura pas d'incident aujourd'hui. Et puis, tu n'as rien à craindre : c'est moi qui vais échanger mon intelligence avec le professeur Orwell.

Là, il a marqué un point ; mais un détail continuait de me titiller :

– Mais ce type... ce professeur... Il ne vous semble pas un peu bizarre ?

– Bizarre ? s'est étonné Pondu. Comment ça ?

– Ben... Vous avez remarqué qu'il est déguisé, non ?

– Oh non, ce n'est pas un déguisement ! m'a détrompé mon professeur en souriant. Il a eu un terrrrrible accident il y a quelques semaines. Il a eu le visage et les mains brûlés.

– Mais pourquoi il ne parle pas ?

– Parce que ça le fait atrocement souffrir. Et maintenant, il faut y aller, Jake. Sinon, il finira par s'impatienter !

5

Dans le laboratoire, le professeur Orwell s'était éloigné de la fenêtre. Il était à présent à l'autre bout de la pièce, où il regardait une feuille morte qui traînait par là. Il la scrutait avec attention, comme s'il n'en avait jamais vu de sa vie.

— Professeur, verriez-vous un inconvénient à vous approcher du STID et à vous installer dans l'un de ces modestes fauteuils ? a demandé Pondu après s'être incliné trois fois.

Orwell s'est exécuté. Il avait du mal à marcher ; il a même dû s'arrêter pour reprendre son souffle à mi-parcours. Anticipant sur ma remarque, Pondu m'a expliqué dans un murmure :

– Il n'a pas encore totalement récupéré, depuis son accident.

Enfin, Orwell a réussi à atteindre l'un des fauteuils. Pondu a pris place dans l'autre. Je me suis mis derrière la console, et j'ai attendu les instructions de mon professeur.

– Tout est prêt, m'a-t-il informé. Tu n'as plus qu'à appuyer sur le bouton vert.

J'ai examiné la console. En bas à droite, il y avait bien un bouton vert ; mais l'aiguille du détecteur de densité d'intelligence oscillait sur la zone rouge.

– L'un des paramètres est mal réglé, ai-je remarqué.

Pondu a froncé les sourcils :

– C'est impossible !

– Si, si, je vous assure…

Il s'est relevé d'un bond et m'a rejoint :

– Hum, tu as raison. Ça doit être une interférence électrique, quelque chose comme ça. Jake, aurais-tu la gentillesse de t'asseoir dans mon fauteuil le temps que je fasse un test ?

J'ai quitté la console en soupirant, et j'ai pris le

fauteuil de Pondu. Dans l'autre siège, le professeur Orwell restait immobile et silencieux.

Crrric! Crrric! Pondu a tourné quelques boutons avant de murmurer pour lui-même:

– C'est curieux... Le lecteur de densité d'intelligence a l'air de fonctionner normalement; et, pourtant, il analyse le cerveau du professeur Orwell de manière anormale.

– Comment ça? ai-je glapi, inquiet.

– Eh bien, les données du cerveau du professeur Orwell ne correspondent à rien d'humain. Étonnant, non?

Pondu a ri bêtement pour masquer sa gêne. Mais, moi, j'avais compris: encore une fois, son appareil était hors service. Soudain, bam! la porte du laboratoire s'est ouverte, et Josh et Andy sont entrés au pas de charge.

– Jake, Jake! a hurlé Andy. Tu ne devineras jamais ce qui est arrivé!

Dans sa précipitation, il n'a pas pu freiner à temps et a percuté Pondu... dont le coude est allé à son tour percuter le bouton vert.

Alors, fffffou! j'ai ressenti une violente secousse, et tout est devenu noir.

6

J'en aurais pleuré! Pondu avait juré qu'il avait réparé le STID; il avait promis qu'il échangerait lui-même son intelligence avec celle du professeur Orwell. Mais, dès que j'ai entendu le «ffffffffou», j'ai compris. J'avais interverti mon corps avec celui du professeur Zarbi!

– Professeur Orwell… Jake… ça va? s'est inquiété Pondu d'une petite voix.

– C'est qui, ce mec? a demandé Andy en désignant le corps du professeur Orwell, où je me trouvais à présent.

Avant que Pondu ait pu répondre, le professeur Orwell, qui squattait désormais mon corps, s'est mis debout et a jeté un œil incrédule sur sa nouvelle apparence. Il a levé une de mes mains et plié un de mes doigts. Puis il a regardé mes jambes et les a secouées l'une après l'autre. Un large sourire a fleuri sur son (enfin, sur *mon*) visage.

Et, brusquement, le professeur Orwell a fusé à travers le laboratoire et s'est engouffré dans la porte ouverte.

– Attends, Jake ! a crié Josh en le poursuivant. Reviens !

Mais, une fois dans le couloir, le voleur de mon corps avait disparu.

– Quelle mouche l'a piqué ?

– Il a dû prendre peur…, a supposé Pondu.

J'étais bien trop occupé à examiner ma nouvelle apparence pour le détromper.

Bien sûr, ce n'était pas la première fois que ce genre de mésaventure m'arrivait. J'avais été piégé dans le corps du Père Noël, de mon prof de gym, de mon chien, et même dans le corps du président des États-Unis ! Mais jamais, jamais, dans quelque chose qui ressemble de près ou de loin à ce corps-là.

D'ailleurs, je n'étais pas sûr que ce soit vraiment un corps.

7

Les bras du professeur Orwell étaient carrément à l'étroit dans son grand manteau noir, alors j'ai sorti ses mains des poches pour éviter d'exploser. Il portait des moufles grises en laine ! Chacun son truc, mais, moi, je ne porte pas de gants à l'intérieur. En plus, des moufles, à part la grand-mère de Josh, je pensais que plus personne n'en avait de nos jours.

Je les ai donc enlevées et, là, j'ai failli tomber dans les pommes : *les mains du professeur Orwell n'étaient pas des mains !* C'étaient des tentacules tout mous avec, au bout, une espèce de pouce très long.

«La vache! ai-je pensé. Qu'est-ce que c'est que cette horreur?»

Josh a été le premier à retrouver la parole.

– Je retire ce que j'ai dit sur ta mère, Andy, a-t-il murmuré. Ça paraît incroyable, mais il y a plus laid qu'elle.

Andy, encore sous le choc, n'a pas protesté. Mais le pire était à venir: quand j'ai enlevé mon chapeau, Josh, Andy et Pondu ont bondi en arrière.

– Monsieur Dupond, a chuchoté Josh, vous pensez que c'est autorisé d'être aussi horrible?

– Je me demande si quelqu'un lui a déjà dit qu'il était super moche, a lancé Andy avec une grimace de dégoût. Peut-être qu'il ne le sait même pas!

– Le professeur n'est pas moche, a rectifié Pondu. Il est très *différent*.

Je me suis levé et j'ai touché mon visage avec mon tentacule. Mes yeux semblaient énormes: ils avaient au moins la taille d'une balle de tennis! Le tentacule a continué son exploration, à la recherche du nez. Mais je n'avais pas de nez; à la place, j'ai trouvé deux tuyaux percés au bout. Un peu plus bas, j'ai été rassuré de découvrir que j'avais une bouche… sauf que c'était plutôt un bec!

Pendant ce temps, Pondu, Josh et Andy refluaient vers la porte : apparemment, ils avaient peur que je les transforme en chair à saucisses.

– Où allez-vous? ai-je couiné.

De mon bec ne sortait qu'un petit son suraigu et ridicule.

Pondu et mes copains se sont figés. Mon prof de sciences m'a regardé, fasciné.

– Vous… vous pouvez parler? a-t-il bégayé.

«Non, mais je fais bien semblant, vous ne trouvez pas?» ai-je eu envie de répondre. Mais la peur commençait à m'envahir; alors je me suis contenté de siffler :

– Évidemment, je peux parler! Pourquoi ça vous étonne?

– Eh bien… Ne le prenez pas mal… On dirait que vous êtes… que vous n'êtes pas… enfin, si, justement, que vous êtes…

– Que je suis quoi? ai-je gémi, agacé.

Pondu jeta un coup d'œil à Josh et Andy; courageusement, mes copains ont feint de ne pas remarquer son embarras.

– Vous n'êtes pas de ce monde, a risqué notre prof.

– Mais si !

– Euh, non, nous avons de bonnes raisons de penser le contraire, a confirmé Josh.

– Arrêtez avec vos âneries ! ai-je ordonné. Qu'est-ce qui vous fait dire ça ?

– Vous êtes vraiment horrible, a lancé Andy.

– Voyons ! s'est exclamé Pondu.

– Pardon : vous êtes vraiment pas beau.

– Quel crétin, celui-là, alors ! ai-je fulminé de ma voix haut perchée.

– Je crois qu'il t'a traité de crétin, Andy, a observé Josh. Il parle quand même drôlement bien le terrien, pour un extraterrestre, vous ne trouvez pas, monsieur Dupond ?

– Réfléchissez un peu ! Je le saurais, si j'étais un extraterrestre ! ai-je piaillé. Je sais que mon corps n'est peut-être pas hyper sexy, mais les extraterrestres, ça n'existe pas !

– C'est ce que je pensais…, a murmuré Pondu. Apparemment, j'avais tort !

8

– Une minute ! a dit Josh en avançant d'un pas et en me scrutant attentivement. Si vous n'êtes pas un extraterrestre, vous pouvez nous dire qui vous êtes ?

– Je suis Jake.

Pondu a sursauté :

– Quoi ? Ça voudrait dire que le STID a de nouveau connu de légers dysfonctionnements ?

Furibond, j'ai brandi mes tentacules :

– C'est ça que vous appelez « de légers dysfonctionnements » ?

J'ai pointé un tentacule vengeur vers mon professeur :

– Vous aviez promis que ça n'arriverait plus jamais !

– Si vous… enfin, si tu es vraiment Jake, a-t-il dit en reculant précipitamment, celui qui a échangé son corps avec toi n'est pas le professeur Orwell… mais un extraterrestre !

Andy a chuchoté quelque chose à l'oreille de Josh, et un rictus a tordu leurs lèvres.

Ce rictus s'est transformé en sourire.

Ce sourire s'est accompagné de gloussements.

Et ces gloussements se sont amplifiés jusqu'à devenir un de ces éclats de rire !

– Est-ce que quelqu'un pourrait m'expliquer ce qu'il y a de drôle ? ai-je demandé, très énervé.

Mais mes amis riaient trop fort pour pouvoir me répondre.

– J'ai échangé mon corps avec un extraterrestre ! Ça n'a rien de particulièrement rigolo, je vous assure !

Quand Andy a enfin retrouvé son souffle, il m'a glissé :

– Tu as raison, Jake… Ce qui est rigolo, c'est que tu as échangé ton corps avec un extraterrestre ri-di-cule !

Josh et Andy ont ricané de plus belle.

— Arrêtez! Arrêtez! ai-je couiné et recouiné. Ça n'est absolument pas drôle!

— Non, ça n'est pas drôle, c'est à mourir de rire! a lâché Josh entre deux hoquets.

J'ai jeté un regard implorant à Pondu. C'était un adulte. Même si, parfois, il se comportait comme un irresponsable, il devait par définition être plus mûr que mes copains. Il pouvait faire cesser ces ricanements pénibles.

— Josh et Andy, il m'apparaît que vous ne saisissez pas l'importance cruciale de cet événement, a-t-il remarqué. Votre attitude manque de tact et de dignité. Rendez-vous compte que nous sommes les premiers humains à entrer en contact avec un extraterrestre!

— Malheureusement, notre extraterrestre a un petit problème…, a objecté Josh.

— Il est *ridicule!* s'est esclaffé Andy.

Visiblement, Pondu avait du mal à rester sérieux, mais il a tâché de garder un ton neutre:

— L'adjectif «ridicule» est hors de propos. Il s'agit d'un jugement négatif que vous portez à l'encontre d'une personne qui ne vient pas du même monde que vous. Or…

– À part « ridicule », vous connaissez un autre mot qui convienne ? l'a coupé Josh.

Notre prof de sciences s'est mordu les lèvres et m'a regardé longuement. Non, manifestement, il ne connaissait pas d'autre mot qui convienne. Pourtant, après un moment de réflexion, il a déclaré :

– Je pense qu'on peut dire que Jake n'est pas ridicule : il est très *différent*, c'est tout.

Josh en a sangloté de rire :

– Ça, pour être différent, qu'est-ce qu'il est différent ! Je n'ai jamais vu quelque chose d'aussi différent que lui !

Et, pendant cinq bonnes minutes, il a répété ce mot comme un fou. Ça m'a inquiété. Il fallait que je voie dans la glace ce qui le rendait aussi hystérique.

J'ai balayé le laboratoire du regard pour y trouver un miroir. Je n'en ai repéré aucun. Le désespoir allait me gagner quand j'ai soudain avisé l'armoire aux microscopes : je savais que, sous ces engins, il y avait des petits miroirs ! J'ai essayé de me précipiter vers l'armoire, mais mes jambes d'extraterrestre refusaient de bouger rapidement. Après quelques pas, j'étais à bout de souffle, et j'ai dû m'arrêter pour respirer un peu.

Josh et Andy continuaient de rire à gorge déployée. Et j'ai vu que Pondu était en train de craquer : un sourire lui étirait irrésistiblement les lèvres.

J'ai repris ma progression comme si de rien n'était. Je souffrais le martyre pour avancer, mais mes efforts ont été récompensés : j'ai atteint mon but. J'étais un peu inquiet : est-ce que je réussirais à me rendre compte de l'étendue des dégâts dans les petites lamelles réfléchissantes des microscopes ?

Dès le premier regard, j'ai constaté que je voyais parfaitement – sans doute grâce à mes énormes yeux globuleux. Je voyais même si bien que j'ai aussitôt éprouvé le besoin de partager mes impressions avec mes amis.

– Aaaaaah ! ai-je couiné.

Ce cri suraigu est sorti de ma bouche sans que je puisse rien faire pour le retenir. Josh et Andy avaient raison : je n'étais pas *différent*, j'étais ridicule !

9

Vous avez sûrement déjà vu des extraterrestres à la télé ou au cinéma. En général, ils sont horribles. Et, plus ils sont horribles, plus ils font peur.

Moi aussi, j'étais horrible : j'avais des yeux gigantesques qui me faisaient ressembler à une grenouille, une peau tellement pâle qu'elle était presque transparente et montrait l'intérieur de mon corps, deux tubes ridicules à la place du nez, et une sorte de bec qui me servait de bouche. Et je ne parle pas de ces deux petits trucs sur les côtés, qui ressemblaient à des antennes paraboliques miniatures et qui faisaient office d'oreilles.

Oui, j'étais vraiment laid, mais je n'étais pas vraiment effrayant. Je n'étais même pas du tout effrayant. Et un extraterrestre qui est laid mais pas effrayant... est ridicule.

– Il faut que j'arrête de rigoler, sinon, je vais vomir ! a gémi Josh, plié en deux.

– Bon, ça suffit, les gars, ai-je lancé d'un ton que je voulais assuré.

Hélas, mon intervention a déclenché une nouvelle tornade de rires.

– Non mais, tu as entendu cette voix ? s'est esclaffé Josh. On dirait qu'il le fait exprès !

– Même pas ! a rétorqué Andy. C'est naturel, chez lui ! Quel talent !

Et moi qui croyais qu'ils étaient mes copains...

Josh était à présent plié en quatre. Andy se tenait les côtes : il avait mal au ventre à force de glousser. Même Pondu avait cessé de jouer son rôle : il avait enlevé ses lunettes pour essuyer les larmes de rire qui lui dégoulinaient sur le visage.

C'en était trop pour moi. Je n'avais plus rien à

faire ici. Désormais, je n'avais pas le choix : il fallait que je trouve l'extraterrestre qui avait volé mon corps pour le forcer à me le restituer. J'ai récupéré son chapeau, son manteau, ses lunettes de soleil, ses moufles, je les ai mis, et je suis parti… ou plutôt je suis allé jusqu'au milieu de la pièce. Là, j'ai dû m'arrêter pour reprendre mon souffle.

Mes jambes étaient aussi dures que du béton, comme si j'avais couru pendant des heures sans m'arrêter. Cet extraterrestre ne marchait jamais ou quoi ? Comment pouvait-il être aussi fatigué après avoir fait quelques pas ?

Évidemment, en voyant cela, mes amis ont hurlé de rire encore plus fort (si ! c'était possible !). Ils m'énervaient tellement que, comme tout bon extraterrestre, j'ai décidé de les désintégrer. Ils n'avaient qu'à pas me chercher ! Sans remords ni pitié, j'ai couiné :

– Désintégrateur d'humains ! Puissance maximale !

Mon bras s'est déplié. Encore. Et encore. Et encore un peu plus. Ensuite, j'ai dégainé mon pouce super extensible, et j'ai visé Josh.

Mes copains ont arrêté de rire. Pondu aussi.

— Wouah ! Son bras fait au moins deux mètres de long ! a remarqué Andy.

— Décidément, tu es *très, très* différent, Jake, a observé mon prof de sciences.

— C'est carrément impossible d'avoir un bras aussi long ! a estimé Andy.

— Ben, si, c'est possible, vu que c'est un extraterrestre, lui a rappelé Josh.

Ils commençaient à me courir sur le haricot, avec leurs histoires d'extraterrestre ! Je me suis dirigé vers la porte.

— Un instant ! a crié Pondu. Où tu vas comme ça, Jake ?

— Retrouver votre ami extraterrestre et récupérer mon corps ! ai-je couiné.

— Je te comprends, m'a dit Andy en grimaçant. Même si tu n'étais pas très beau avant, tu étais quand même mieux.

— Allez, les gars, on est partis ! ai-je lancé de ma petite voix en feignant de n'avoir rien entendu.

— Comment ça, «*on* est partis» ? a demandé Josh.

— Ben… vous venez avec moi, non ?

Andy et Josh se sont regardés longuement.

– Mets-toi à notre place, a murmuré Andy. Est-ce que tu n'aurais pas méga-honte de te promener avec un mec dans ton genre?

Josh a hoché la tête en signe d'acquiescement.

– Vous délirez ou quoi? Je croyais que vous étiez mes amis!

Andy soupira:

– Bien sûr, nous sommes tes amis… et nous t'aurions accompagné presque avec plaisir. Malheureusement, l'entraîneur nous a envoyés en mission, et nous ne pouvons pas nous attarder trop longtemps.

– Nous le regrettons beaucoup, a ajouté Josh, la mine contrite. Mais on ne plaisante pas avec Roberts.

– Qu'est-ce qu'il veut, Roberts?

– Alex s'est foulé la cheville à l'entraînement, a expliqué Andy, et il sera incapable de tenir sa place demain.

– Alors, Roberts nous a demandé de venir te chercher. C'est pour ça qu'on est là, et rien que pour ça.

– Évidemment, il ne savait pas que tu étais devenu aussi… *différent*.

– J'y suis pour rien! ai-je gémi. Si vous n'aviez pas déboulé ici comme des dératés, M. Dupond n'aurait pas appuyé sur le bouton, et...

– C'est ça, dis que c'est de notre faute, maintenant! a ricané Josh.

– Mais bien sûr que c'est de votre faute! Je...

– Ça suffit! a crié M. Pondu. Je vous ai déjà expliqué que nous vivions un moment historique de l'humanité! Nous sommes les premiers humains à rencontrer un extraterrestre, et vous trouvez le moyen de vous chamailler!

– Le problème, c'est que l'extraterrestre, c'est Jake, a objecté Andy.

– D'accord, a admis Pondu. Ce n'est pas aussi impressionnant que s'il s'agissait d'un extraterrestre vivant dans le corps d'un extraterrestre...

J'ai sauté sur l'occasion :

– Alors on n'a qu'à le chercher, le vrai extraterrestre, pour l'obliger à me rendre mon corps!

– Jake a raison, est intervenu Josh. Vous, monsieur Dupond, vous pourrez discuter avec un extraterrestre dans un corps d'extraterrestre; et nous, on aura notre goal remplaçant pour le match de demain.

Avant qu'il ne change d'avis, je me suis précipité vers la porte en haletant. Quand je l'ai ouverte, j'ai vu un homme de haute taille et aux cheveux blancs, qui portait un manteau gris et tenait à la main un cartable en cuir.

– Excusez-moi, a-t-il dit. J'ai rendez-vous avec M. Dupond.

10

C'était le professeur Orwell! Le vrai!

De nouveau, Pondu en a fait des tonnes pour accueillir son invité: et que je t'appelle «Monsieur le Professeur Académicien Royal», et que je te jure que «j'ai lu tous vos travaux, ils sont absolument re-mar-quables», et que je te remercie «de l'insigne honneur que vous me faites en acceptant de venir dans mon misérable laboratoire, blablabla». Enfin, il a osé lui demander de patienter dans le labo en s'excusant comme une grosse, euh, crotte de chien qui aurait sali la chaussure d'une reine.

Il nous a entraînés au parking et entassés dans sa voiture. Pendant une heure, il nous a trimballés dans toute la ville. Nous avons inspecté tous les endroits où un extraterrestre en goguette aurait pu aller : le centre commercial, la salle de jeux vidéo intergalactiques, et le fast-food. En vain !

– Quelle expérience extraordinaire ! s'enthousiasmait Pondu pour masquer sa gêne. Nous sommes en train de chercher Jake Sherman alors qu'il est avec nous ici même, dans la voiture !

– C'est juste mon corps que nous cherchons, lui ai-je rappelé. Et, accessoirement, l'extraterrestre qu'il y a dedans…

Andy était installé à côté de Pondu. Il s'est retourné vers moi et, avant que j'aie pu lui couiner de garder ses réflexions pour lui, il a lancé :

– Vu son corps ridicule, je comprends que cet extraterrestre n'ait pas envie de restituer celui de Jake.

– Prudence, jeunes gens ! a pontifié Pondu. Ce corps d'extraterrestre que vous trouvez si laid est peut-être extrêmement bien adapté à son environnement. Souvenez-vous des poissons d'eau profonde que vous avez vus l'autre jour...

— Dans ce cas, a observé Josh, je préfère ne pas imaginer à quoi ressemble le monde d'où vient l'extraterrestre. Il doit être *trop* ridicule !

C'était plus que je ne pouvais supporter. Je suis intervenu de toute la force de ma faible voix :

— Eh ! les gars ! vous n'avez plus que « ridicule », dans votre vocabulaire, ou vous connaissez un autre mot ?

— Jake a raison, m'a soutenu Pondu. Vous devriez trouver une autre manière de décrire son apparence.

— Eurêka ! s'est exclamé Andy. Que pensez-vous de « dégoûtant » ?

— J'ai mieux, a proposé Josh. On n'a qu'à dire « répugnant » !

— Mais non ! a tonné Pondu. Il faut choisir un terme qui ne soit pas négatif. « Intéressant », par exemple...

— Oh, quelle merveilleuse idée ! a ironisé Josh.

Andy s'est de nouveau tourné vers moi et m'a demandé :

— Est-ce que je peux juste dire une petite blague ?

– Attention, Andy! a répondu Pondu pour moi. Le mot «ridicule» est désormais interdit. On doit le remplacer par «intéressant».

– Promis! a repris Andy. Alors, Jake, est-ce que je peux quand même dire une petite blague?

– D'accord, ai-je soupiré. Mais rien qu'une!

– Jake est tellement *intéressant* que même les vampires ont peur de lui...

– Pas mal, a dit Josh, mais que pensez-vous de celle-là? Un jour, Jake est allé visiter une maison hantée; il était tellement *intéressant* qu'il en est ressorti avec un boulot!

– Attendez, s'est écrié Pondu, j'ai mieux. Un jour, Jake est allé au championnat du monde des gens les plus *intéressants*; mais, quand ils ont vu combien il était *intéressant*, les juges ont dit: «Désolé, les professionnels ne sont pas autorisés à concourir.»

– Excellent! ont beuglé en chœur mes deux ex-amis en hurlant de rire.

Et, aussitôt, ils ont enchaîné:

– Et celle-là: Jake est tellement *intéressant* que...

– Stooooooooop! ai-je couiné comme j'ai pu. On avait dit UNE blague et une seule!

Les trois compères se sont entre-regardés, l'air vaguement coupable.

— Euh, tu as raison, Jake, a reconnu Andy. On s'est un peu lâchés.

— De toute manière, la promenade est terminée, a conclu Pondu en jetant un œil sur sa montre. Il faut que j'aille retrouver le professeur Orwell.

— Quoi? ai-je coassé. Vous plaisantez? Sans voiture, comment on va retrouver cet extraterrestre de malheur?

— Nous avons cherché partout! a rétorqué Pondu. C'est triste à dire, mais ton corps a disparu.

— Et... et c'est tout ce que ça vous fait? ai-je balbutié.

Visiblement, oui, c'était tout ce que cette nouvelle apocalyptique faisait à Pondu. Bien sûr, il m'a présenté ses plus plates excuses, mais les impératifs de la science l'appelaient. Grrrrrrr! Il m'a cependant promis de téléphoner le lendemain soir. Si nous avions retrouvé l'extraterrestre entre-temps, nous n'aurions qu'à nous donner rendez-vous au labo, lundi matin à sept heures. Il intervertirait alors les corps.

Josh et Andy m'ont aidé à parcourir très lentement quelques rues à la recherche de mon corps. Puis ils ont repéré un vieux caddie abandonné, et ils m'ont promené dedans. Peine perdue ; nous n'avons aperçu nulle part l'extraterrestre.

– Bon, allez, ça suffit, a dit enfin Andy. J'en ai assez. J'ai froid et je suis fatigué. En plus, la nuit tombe.

– Andy a raison, a opiné Josh. Bientôt, on n'y verra plus. Résultat, même si on le croisait, on ne reconnaîtrait pas l'extraterrestre.

Je me suis recroquevillé dans mon caddie, désespéré.

– Et si je reste piégé dans ce corps pour toujours ? ai-je gémi.

– Tu pourras toujours jouer dans des films d'horreur.

– Ou devenir une star du cirque : dans ces spectacles, on a toujours besoin de gens *intéressants* !

11

Quelques minutes plus tard, Josh et Andy m'ont ramené devant chez moi, grelottant. Ils m'ont aidé à m'extraire du caddie.

— Eh bien, on va y aller, a dit Josh en lâchant un panache de buée.

— Ouais, salut, Jake! a lancé Andy.

Il sautillait d'un pied sur l'autre pour ne pas geler sur place.

— Vous allez me laisser comme ça? ai-je couiné.

— Qu'est-ce qu'on peut faire d'autre? a demandé Andy.

– On t'aurait volontiers aidé demain, Jake, a ajouté Josh, mais on ne peut pas rater la finale du championnat !

J'ai paniqué :

– Je suis à peine capable de marcher ! Jamais je ne retrouverai l'extraterrestre tout seul !

– Tu n'as qu'à demander à Jessica de t'aider, a suggéré Andy.

Jessica ! Je l'avais oubliée, celle-là.

J'ai jeté un œil vers ma maison. C'est alors que j'ai compris qu'il allait y avoir un autre problème. Les fenêtres étaient éclairées.

– Comment je vais expliquer à cette grande idiote ce qui s'est passé ? Comment je vais lui prouver que je suis bien Jake ? Dès qu'elle m'aura vu, elle va appeler les flics !

– Ne t'inquiète pas pour ça, a affirmé Andy, ils ne t'arrêteront pas.

– Pourquoi ?

– Ils riront trop.

– Et puis, s'ils te mettaient en prison, les prisonniers auraient tellement peur qu'ils essaieraient tous de s'échapper, s'est esclaffé Josh.

– Ça suffit ! ai-je glapi.

J'ai dû prier, supplier et implorer Josh et Andy pour qu'ils acceptent d'expliquer à Jessica ce qui s'était passé. Ils ont compris que je ne les lâcherais pas tant qu'ils ne m'auraient pas rendu ce service. Nous nous sommes donc dirigés vers l'entrée. Je n'avais pas ma clé, et pour cause : elle était dans mes vêtements, et c'était l'extraterrestre qui les portait.

J'allais frapper à la porte quand Josh m'a arrêté.

— C'est quoi, le problème ? ai-je demandé.

— Il vaut mieux que ce soit moi qui frappe.

— Pourquoi ?

— Parce que si Jessica te voit en premier, elle claquera la porte avant qu'on ait pu placer un mot, m'a expliqué Andy. Prends cette écharpe et mets-la autour de ta tête.

Josh et Andy se sont postés devant moi et ont attendu que je me déguise. Puis ils ont frappé à la porte. La voix de Jessica nous est parvenue de l'intérieur :

— Qui est-ce ?

— E. T. et ses amis, a murmuré Josh.

— Qui ça ?

– Josh et Andy, a lancé Andy à haute voix.

Un bruit de clé, et la porte s'est ouverte.

Caché derrière mes deux amis, je voyais ma sœur sans qu'elle me voie. Une horrible odeur de cuisine nous a sauté au visage comme un chat en colère.

– Salut, les gars ! s'est exclamée l'empoisonneuse. Ça boume ?

– Ouais, tranquille.

– Je suis en train de préparer un plat typiquement africain. C'est un peu relevé, mais ça ne doit pas être mauvais. Vous voulez goûter ?

– Non, merci, je tiens à la vie, a lancé Josh précipitamment.

Ma sœur a grimacé.

– Je plaisante, a-t-il menti. On est venus parce qu'on se disait que tu te demandais peut-être où est Jake.

– Euh… Maintenant que vous le dites… C'est vrai, qu'est-ce qu'il fabrique ? Il n'est pas avec vous ?

– Si, il est avec nous… et en même temps, non.

– Que… qu'est-ce qui lui est arrivé ? a lâché Jessica.

– Rien de très, très grave, l'a rassurée Andy. Il est
là.

– Où ça, là ?

– Là, a répété Andy.

Et mes copains se sont écartés pour que ma sœur
puisse admirer mon corps extraordinaire.

12

Jessica m'a longuement observé. Elle n'a pas crié.
Elle n'a pas claqué la porte. Elle ne s'est pas éva-
nouie. Elle a simplement demandé :

– Vous me prenez pour une idiote, n'est-ce pas ?

– Nous ? Jamais !

– Vous vous croyez drôles, peut-être ? Jake n'est
pas un nain. Il a au moins votre taille. Et il n'est
pas assez snob pour porter des lunettes de soleil
la nuit. Qui c'est, lui ?

Je ne voulais pas lui répondre. De toute manière,
avec ma voix de porte qui grince, j'aurais eu du

mal à la convaincre que j'étais bien Jake.

– Je sais que c'est dur à admettre, Jessica, mais c'est *vraiment* Jake, a affirmé Josh. On était dans le laboratoire de Pondu quand il y a eu un petit problème.

– Pas… pas avec le STID? a gémi ma sœur.

Elle connaissait très bien la machine inventée par Pondu… et ses problèmes de fonctionnement. Josh a baissé la tête:

– Si, avec le STID.

– Non! a hurlé Jessica.

Elle a saisi mes deux amis par le col de leurs manteaux et leur a jeté au visage:

– Bande de gros dégueulasses! Qu'est-ce que vous avez fait de mon petit frère?

– Le premier extraterrestre de l'histoire, a répondu Josh.

Jessica a blêmi.

– Attends, Jessica, c'est une blague, a rectifié Andy en tentant de se dégager. On n'y est pour rien!

– Ouais, c'est la faute de Pondu, a affirmé Josh.

Ma sœur me regardait, incrédule et inquiète. Moi, j'étais bien content de me cacher sous un chapeau, des lunettes de soleil, des moufles, un grand manteau et l'écharpe d'Andy. J'avais eu ma dose de ricanements stupides.

Jessica a lâché Josh et Andy :

— Ne restons pas là. Il fait meilleur à l'intérieur.

Nous sommes entrés. L'odeur d'épices nous piquait les yeux.

— Ça sent vachement bon, a prétendu Andy pour amadouer ma sœur.

— En tout cas, ça sent vachement, a opiné Josh.

Mais Jessica n'a pas relevé. Elle s'est approchée de moi :

— Avec qui as-tu interverti ton corps, Jake ?

Je suis resté muet comme une tombe. Jessica s'est tournée vers Andy :

— Pourquoi il ne parle pas ?

— C'est que… Jake a beaucoup changé, ces derniers temps…

— À son âge, ça arrive, a essayé de plaisanter Josh.

— Et alors ?

— Alors il faut que tu te prépares à quelque chose de très *intéressant*, l'a avertie Andy.

— Quelque chose de radicalement *différent*…, a renchéri Josh.

— Jake a une forme très… originale, a expliqué Andy.

– En réalité, c'est un extraterrestre, a avoué Josh.

– C'est ça, et ma grand-mère est championne du monde de karaté !

– Je suis hyper content pour elle, a commenté Josh, mais ça n'empêche pas que Jake soit piégé dans le corps d'un extraterrestre.

Ma sœur a haussé les épaules et m'a demandé :

– Pourquoi tu n'enlèves pas ton manteau, Jake ?

– Désolé d'insister, Jessica, a repris Josh, mais…

– Stoooooooop ! l'a arrêté ma sœur. J'en ai assez, de vos âneries. Je vais éteindre le feu sous la casserole. Si, quand je reviens, Jake ou celui qui se fait passer pour lui n'a pas enlevé son manteau et tout son attirail, je vous mets à la porte.

Et, d'un pas décidé, elle a quitté l'entrée.

– À toi de jouer, Jake, a murmuré Andy.

– On a rempli notre mission, a enchaîné Josh. On t'a introduit, on l'a préparée… Je crois que tu peux faire ton strip-tease, maintenant…

Je n'avais plus le choix, en effet. J'ai déroulé l'écharpe. J'ai ôté mes lunettes de soleil. J'ai enlevé mon chapeau. Et un cri s'est élevé depuis le seuil de la cuisine :

– Aaaaaaaaah !

13

Jessica s'était appuyée contre le mur, les jambes flageolantes :

— Mais… ce n'est pas possible ! Ça n'existe pas, ce genre de…

Puis elle s'est tue, incapable de parler.

— Attention, Jessica, n'en dis pas trop de mal, c'est quand même ton frère…, a lâché Josh.

— Ce n'est pas mon frère, vous mentez ! Vous me faites marcher ! Vous vous payez ma tête ! Vous…

— Parle-lui, Jake, a dit Josh. Peut-être que, toi, elle te croira.

– Jessica, je suis bien Jake, ai-je couiné.

Ma sœur a eu l'air moins effrayée que surprise.

– Qu'est-ce que c'est que cette voix ridicule ?

– Pas « ridicule », Jessica, a rappelé Andy : *intéressante*, ou *différente*, à la rigueur.

– Comment pouvez-vous espérer que je vous croie ? s'est exclamée Jessica. Les extraterrestres n'existent pas… et cette chose n'est pas Jake !

– Bon, Jake, prouve-lui que tu es bien Jake, et qu'on en finisse !

– J'aimerais que tu me prépares un cheeseburger, Jessica, ai-je essayé. Ça me permettrait d'apprécier les joies simples de l'existence.

Ma sœur a cillé. Bouche grande ouverte, yeux exorbités, son visage avait presque doublé de volume sous le coup de la stupeur.

– Alors, c'est vraiment toi, Jake ?

« Non, je suis le grand-duc de Poméranie orientale », ai-je songé. Mais ce n'était pas le moment d'en rajouter. J'ai hoché l'espèce de truc qui me servait de tête, et le visage de ma sœur a à peu près retrouvé sa taille habituelle.

– Et moi qui ne croyais pas aux extraterrestres ! a-t-elle soufflé.

Les commissures de ses lèvres se sont mises à remonter.

– D'ailleurs, j'ai encore du mal à y croire…

Oh non! C'était bien un sourire qui pointait sur son visage.

– Ne ris pas! Ne ris pas! l'ai-je suppliée.

– Franchement, cette fois, tu as mis la dose, Jake! a-t-elle quand même pouffé. Quand papa et maman te verront…

– Ils ne trouveront pas ça drôle! l'ai-je coupée.

– Tu as raison, a-t-elle gloussé. Ils trouveront ça hilarant!

– Mais ne ris pas! ai-je répété. Puisque je te dis que ce n'est pas drôle!

Trop tard! Elle a explosé de rire, et mes deux copains l'ont imitée.

J'ai senti que mes gros yeux de grenouille se remplissaient de larmes. De l'eau a coulé sur mes joues d'extraterrestre.

Josh l'a remarqué le premier. Il s'est arrêté de rire pour me demander ce que j'avais. À leur tour, Andy et Jessica se sont un peu calmés et m'ont regardé attentivement.

– Arrêtez de vous moquer de moi! ai-je dit. Je

veux récupérer mon corps! Et vous êtes les seuls à pouvoir m'aider.

– Comment? a voulu savoir Jessica.

«Bouououou!» a fait mon nez.

– En retrouvant l'extraterrestre qui m'a pris mon corps, ai-je expliqué.

– Bonne idée! a lancé ma sœur en battant des mains, comme s'il s'agissait d'un jeu. Je suis avec toi, Jake.

J'ai jeté un regard implorant à Josh et Andy:

– Et vous, les gars? Vous voulez bien m'aider?

– Impossible, s'est excusé Andy. On a football, demain.

– Oui, mais avant le match…, ai-je suggéré.

«Bouououou!» ont de nouveau gémi mes narines.

J'ai cherché des yeux une boîte de mouchoirs. Il y en avait une à quelques mètres de là. J'ai étendu mon bras extensible et me suis emparé d'un Kleenex sans changer de place.

– Co… comment as-tu… comment as-tu…, a balbutié ma sœur sans parvenir à terminer sa phrase.

– Je ne sais pas. Apparemment, c'est le seul

super-pouvoir de mon corps d'extraterrestre, alors, je m'en sers.

Soudain, j'ai remarqué que Josh et Andy chuchotaient en aparté en me jetant des coups d'œil.

— Qu'est-ce qui se passe, les gars ? ai-je demandé.

— Eh bien, on se disait qu'avec tes bras à rallonge, tu pourrais être un bon goal…

J'ai écarquillé mes yeux de grenouille :

— Vous voudriez que je reste dans ce corps ridicule pour garder les cages, demain ?

— Jake, arrête de tout ramener à toi, a soupiré Josh. C'est la finale du championnat qui est en jeu !

— Sans parler de l'honneur de notre équipe, a renchéri Andy.

— Non, ai-je simplement couiné.

— Jake, réfléchis ! a lâché Andy. On a besoin de toi !

— Mets-toi à ma place ! Est-ce que tu voudrais jouer au football si tu avais un corps aussi ridicule que celui-là ?

— Laisse tomber, a dit Josh à Andy. S'il ne veut pas aider l'équipe, on n'a plus qu'à l'abandonner à son sort.

Andy et lui se sont dirigés vers la porte. Je me suis précipité à leur poursuite à ma vitesse d'extraterrestre mollasson :

– Je… voudrais bien… vous y voir…, ai-je ahané.

Josh et Andy ont boutonné leurs manteaux pour affronter l'air glacial.

– Réfléchis, Jake, c'est tout ce qu'on te demande, a dit Josh. De toute manière, Pondu ne sera pas là demain ; même si tu retrouvais l'extraterrestre, vous ne pourriez pas échanger vos corps avant lundi. Alors…

– Mais j'ai peur…, ai-je soufflé, éprouvé par ma course, j'ai peur que… que l'extra… que l'extraterrestre… soit repar… soit reparti avec mon… corps sur sa… sur sa planète !

– À toi de voir, Jake, a conclu Josh, impitoyable.

Et il a ouvert la porte.

J'ai sursauté : de l'autre côté, il y avait quelqu'un. J'étais caché par Josh et Andy, si bien qu'il ne pouvait pas me voir. Mais moi, je le voyais bien. Et je l'ai reconnu.

En face de moi se tenait quelqu'un qui m'était plus que familier : moi.

14

– Bonsoir, tout le monde, a claironné l'extraterrestre qui avait pris mon corps.

De la buée est sortie de ses lèvres quand il a parlé.
Il tremblait de froid et tapait des pieds pour ne
pas geler sur place.

– Je suis navré de vous déranger ; néanmoins, me
permettez-vous de vous poser une question ?

Ébahis, nous étions incapables de répondre. Dans
un bel ensemble, Josh et Andy ont hoché la tête.

– Est-ce bien ici que réside le dénommé Jake
Sherman ?

– Mais certainement, a répondu Jessica en avançant d'un pas. Je suis sa sœur. QUE PUIS-JE POUR VOUS ?

– Quelle chance ! s'exclama l'extraterrestre. Je vous prie d'excuser mon audace : j'arrive chez vous à l'improviste. Vous aviez sans doute autre chose à faire que recevoir mon humble personne…

– Vous ne nous dérangez pas le moins du monde, a affirmé Jessica. QUE PUIS-JE POUR VOUS ?

– C'est très aimable à vous de m'ouvrir votre porte. Sans doute ma visite vous surprend-elle. Rassurez-vous, je compte vous en expliquer les motifs.

– Tant mieux ! a dit Jessica. Que puis-je pour vous ?

– Je reconnais que ma présence n'est pas désintéressée. Je viens d'arriver dans cette ville, et je ne connais personne. Aussi n'ai-je nulle part où aller. Comme j'ai trouvé votre adresse dans mes poches, je suis venu ici. Voilà toute l'histoire.

– Très bien, a conclu Jessica. QUE PUIS-JE POUR VOUS ?

– Excusez-moi : je parle, je parle, et je n'ai toujours pas exposé clairement l'objet de ma visite.

Auriez-vous l'extrême obligeance de m'abriter pour la nuit?

Il plaisantait ou quoi? Un peu, qu'il allait passer la nuit à la maison! Je n'étais pas près de le laisser partir, il pouvait me croire!

– Entre! Et mets-toi bien dans le crâne que, désormais, je ne te quitterai plus! ai-je couiné.

– Ciel! J'entends ma voix! s'est exclamé l'extraterrestre qui avait volé mon corps.

Il a fait demi-tour et a tenté de s'enfuir. Prompt comme l'éclair, j'ai étendu mes bras extensibles et je l'ai attrapé aux chevilles. La vache! Il a réussi à m'entraîner dehors. Je m'accrochais à lui, mais j'étais incapable de le retenir!

– Au secours! ai-je piaillé.

Resserrant ma prise, j'essayais de tirer l'extraterrestre vers moi. En vain.

– Josh! Andy! ai-je crié. Aidez-moi!

Mon adversaire a tenté de se dégager d'un coup de pied. J'ai effectué un vol plané dans l'herbe givrée, mais je me suis accroché. Ma chute l'a déséquilibré, et il a trébuché. À cet instant, Josh et Andy sont enfin sortis de leur léthargie. Ils se sont précipités sur lui. Andy a plongé sur ses jambes.

Josh l'a saisi aux épaules. Ils l'ont plaqué au sol.

— La peste soit des paltoquets! enrageait l'extra-terrestre en balançant au hasard des coups de poing. Laissez-moi, ruffians! Bougres! Gredins! Laissez-moi, vous dis-je!

Il se tortillait comme un spaghetti dans une cas-serole d'eau bouillante, mais Josh et Andy ont tenu bon. Pour lui ôter tout espoir, ils se sont assis sur lui. Il n'a pas pour autant cessé de crier:

— De quel droit attentez-vous à ma liberté?

— Ramenez-le dans la maison, a ordonné Jessica. Il fait froid, ici.

Josh et Andy ont relevé notre ennemi sans ména-gement. Puis ils l'ont conduit à l'intérieur en lui maintenant les mains dans le dos. Avec une corde à linge, ils lui ont attaché les poignets et les pieds.

À présent, l'extraterrestre regardait autour de lui. Quand il a porté son regard sur moi, un frisson m'a parcouru: j'avais l'impression curieuse de me regarder dans un miroir. Mais j'avais beau cligner des yeux, mon reflet ne m'imitait pas.

— De quel droit tu m'as pris mon corps? lui ai-je lancé. C'est dégueulasse, franchement!

– Certes, que vous soyez quelque peu perturbé par cette situation ne m'étonne pas…

– Je ne suis pas «quelque peu perturbé», je suis furieux!

– Veuillez donc accepter mes plus plates excuses, a-t-il poursuivi sans tenir compte de mon interruption, et souffrez de voir dans cet échange un hommage à votre beauté. Votre corps m'a semblé si splendide que je n'ai pu résister à la tentation.

– Pourquoi vous… enfin, tu parles comme ça? a demandé Andy.

– Qu'entendez-vous par là?

– Ben… comme ça, quoi, avec des mots qu'on comprend pas, et tout et tout?

– Il est toujours très difficile d'expliquer son style. C'est à la fois le fruit d'une éducation et d'une expérience de vie. Vous n'êtes pas sans savoir que…

– Oh, tais-toi! ai-je lâché. Tu n'arriveras pas à nous embobiner avec tes phrases à la noix. Tout ce que tu espères, c'est qu'on t'enlève tes cordes pour que tu puisses t'enfuir. Mais tu peux toujours courir!

– Enfin, non, justement, il ne peut pas, a ironisé Andy.

L'extraterrestre a haussé mes épaules :

– Loin de moi l'idée de m'enfuir !

– Tiens donc ! Et, tout à l'heure, tu n'as pas essayé, peut-être ?

– Tout à l'heure, je n'avais pas vu la splendeur de votre maison. Si vous pouviez imaginer quel bonheur j'éprouve depuis que j'y ai pénétré ! C'est tellement merveilleux ! Observez cette pièce. Elle est si colorée, si riche de mille et un détails, de mille et une formes... Je ne me lasse pas de l'admirer.

Jessica, Josh, Andy et moi avons regardé autour de nous.

– Ben... c'est un salon, quoi, a finement remarqué Josh.

– Ça n'existe pas, les salons, là d'où vous... d'où tu viens ? a demandé ma sœur.

L'extraterrestre qui squattait mon corps lui a jeté un coup d'œil triste avant de parler d'une voix larmoyante :

– Il n'y a rien, là-bas. Tout est laid et gris. Les immeubles sont de gros blocs laids et gris.

Les appartements sont laids et gris. Même les plantes sont gris vert et les animaux gris rose. La couleur n'existe pas.

— Hum, ça donne envie ! a murmuré Andy.

— Aussi, jugez de ma joie de contempler ce saladier de fruits. Nous n'avons rien de comparable ! C'est le plus bel objet que j'ai jamais vu.

— Des fruits en plastique, tu trouves ça beau ? s'est étonnée Jessica.

— Vous ne comprenez pas, a regretté l'extraterrestre en fixant ma sœur. Mais comment vous en vouloir ? Vous ne savez pas d'où je viens. Vous ne *pouvez* pas comprendre. Ainsi, me croiriez-vous si je vous disais que vous êtes la plus belle personne que j'aie jamais vue ?

Jessica a rougi :

— Vous dites… euh, tu dis ça pour me faire plaisir ?

— Non, c'est la vérité. Tout est beau en vous : le rose velouté de votre peau, l'éclat soyeux de vos cheveux, la clarté délicate de vos yeux… Si vous viviez là où je vis, tout le monde vous prendrait pour une déesse !

— Oh, le pauvre ! a murmuré Andy. Il doit venir d'une planète vraiment horrible !

15

Jessica n'a pas réagi à la blague d'Andy. Elle était encore sous le charme des compliments. Elle avait marché à fond dans le piège que l'extraterrestre lui avait tendu. Mais, moi, je n'étais pas dupe : il essayait de se faire bien voir pour que Jessica le libère. Et, ça, il n'en était pas question ! Je savais que, si on le détachait, je ne récupérerais plus mon corps.

– Hé, monsieur le voleur de corps, ai-je couiné pour empêcher mon imbécile de sœur de commettre l'irréparable, tu veux que je te montre quelque chose de génialement beau ?

– Rien ne me serait plus agréable, a vivement acquiescé l'extraterrestre.

Je me suis levé. Si cet ahuri s'extasiait devant Jessica et un bol de faux fruits, qu'est-ce qu'il dirait devant un téléviseur dernier cri, capable de capter quatre-vingt-six chaînes sur son écran géant super plat et méga design !

Josh et Andy ont glissé leurs bras sous ceux de l'extraterrestre, et ils l'ont aidé à avancer malgré ses liens. Je les ai suivis. Au fur et à mesure de ma progression, je me suis aperçu que mes jambes me permettaient d'avancer plus loin et plus vite que lorsque je les avais éprouvées pour la première fois.

C'était comme lorsque je m'étais cassé le bras et qu'on m'avait plâtré. Quand on m'avait enlevé le plâtre, mon bras était tout mou. Mais plus je m'en servais, plus il redevenait fort. Peut-être que l'extraterrestre venait d'une planète où les jambes ne servaient pas à grand-chose.

En entrant dans la pièce où se trouvait la télé, j'ai déployé mon bras pour m'emparer de la télécommande. Avec amusement, je me suis aperçu que je la tenais bien en main. On aurait même dit que les espèces de tentacules étaient faites pour ça ! Avec mon pouce super flexible, j'étais capable d'appuyer sur n'importe quel bouton sans aucun problème.

J'ai allumé l'écran au moment où Josh et Andy arrivaient en soutenant l'extraterrestre enfermé dans mon corps. Justement, la télé diffusait mon émission favorite : *Qui veut gagner des cure-dents*. J'ai poussé le volume à fond, et j'ai crié de ma voix suraiguë :

– Ça, c'est beau !

Je me suis tourné vers l'intrus. Il tremblait de tous mes membres. Ses yeux ont papillonné et sa bouche s'est ouverte en grand. Il a pâli avant de hurler :

– Aaaaaaaaah !

Puis il s'est écroulé sur le sol.

Josh et Andy regardaient l'extraterrestre, stupéfaits. Soudain, il a paru sortir de sa torpeur, et il a aussitôt essayé de s'enfuir en rampant.

– Rattrapez-le ! ai-je couiné.

Mes amis n'ont eu aucun mal à se saisir de lui : pieds et poings liés, il ne pouvait aller bien loin !

Une fois de plus, ils se sont assis sur lui pour l'im-mobiliser.

– Je m'en doutais! ai-je claironné. Tu as raconté des salades pour détourner notre attention, mais tout ce que tu espérais, c'était qu'on ne se méfie plus de toi!

– Pas du tout! a-t-il crié.

Étouffé par le poids de Josh et Andy, il est devenu tout pâle. À la télé, l'animatrice félicitait un homme : «Kevin, vous êtes vraiment le plus stu-pide et le plus inculte de tous nos candidats. Vous vous en doutiez, n'est-ce pas? Ce n'est pas une révélation, pour vous?

– N… non, j'ai toujours été un peu bête…

– Un peu bête, c'est le moins que l'on puisse dire… D'après vous, Kevin, la Seconde Guerre mondiale a commencé en 1840.

– Ouh! ouh! a hué le public.

– Je ne suis pas très fort en histoire, a tenté de se justifier Kevin.

– En géographie non plus, vous n'êtes pas très fort! Sans honte aucune, vous avez affirmé que le Honduras est un pays africain. Et en culture géné-rale, vous êtes tout aussi doué : Beethoven serait, à vous en croire, un médecin du XXe siècle. Je ne vous félicite pas !

– Ke-vin ! Im-bé-cile ! a scandé l'assistance.

– J'ajoute que, contrairement à ce que vous supposez, il n'y a pas *un peu* de noir sur le drapeau américain, il n'y en a pas *du tout*. Dites-moi, Kevin, qu'est-ce que vous avez, à la place du cerveau ? Un petit pois ? Du soda que vous avez avalé par les oreilles, tellement vous êtes bête ? Ou *rien*, tout simplement ?

Les spectateurs ont éclaté de rire.

– Vous êtes si bête que vous devriez avoir honte d'exister, Kevin ! Merci d'avoir été ridicule comme aucun candidat ne l'avait été avant vous. Vous empochez une prime de 10 000 dollars et notre super bonus : 10 000 cure-dents ! »

Alors que des applaudissements crépitaient, un grognement plaintif s'est fait entendre dans le salon.

– Éteignez cette sottise que je ne saurais voir ! a gémi l'extraterrestre. Je vous en supplie ! Foin de ces billevesées !

– Il n'est pas bien, Jake, a constaté Andy.

– Éteins la télé, ça vaudra mieux ! a renchéri Josh

J'ai appuyé sur la télécommande. L'extraterrestre

a cessé de geindre, mais il haletait toujours. Jessica a repoussé Josh et Andy. Elle s'est agenouillée près de son premier adorateur et a caressé mes cheveux :

– Voilà, voilà, a-t-elle murmuré d'une voix douce, ça va aller… Nous ne rallumerons pas la télé.

– Merci…, a-t-il soupiré. Je vous en suis infiniment reconnaissant.

La déesse de l'espace m'a regardé :

– Je ne pense pas qu'il essayait de s'échapper. C'est juste qu'il ne pouvait pas supporter les âneries que débitait la télé.

– Tu délires ou quoi ? ai-je protesté. C'est génial, *Qui veut gagner des cure-dents* !

– Pense ce que tu veux, a laissé tomber ma sœur, mais n'impose pas à notre invité de regarder cette émission si elle lui déplaît. Souviens-toi qu'il vient d'une planète horrible… et qu'il a un corps, euh, difficile à porter…

– Je ne risque pas de l'oublier : pour le moment, c'est moi qui le porte, son corps difficile à porter !

– Chaque problème en son temps, a tranché Jessica.

Elle a touché le front de l'extraterrestre pour vérifier s'il avait de la fièvre. Apparemment, ça allait mieux. Il s'est assis.

Andy s'est dirigé vers la porte, suivi de Josh. Je les ai raccompagnés jusqu'à l'entrée presque sans être essoufflé.

– Écoute, Jake, maintenant qu'on a retrouvé l'extraterrestre, tu peux t'engager à être goal demain, non ?

– Ouais ! s'est enthousiasmé Andy. Avec tes bras télescopiques, tu ne laisseras rien passer !

– Impossible ! ai-je couiné. Qui surveillerait l'extraterrestre pendant le match pour qu'il ne se fasse pas la belle ? En plus, ça m'étonnerait que les extraterrestres soient autorisés à participer au championnat. Je serais exclu du terrain, et l'équipe serait éliminée.

Josh et Andy sont restés un instant silencieux.

– J'ai trouvé ! s'est écrié Andy. Tu n'as qu'à porter mon écharpe ! Les gens n'y verront que du feu !

– Mais je ne peux pas mettre un chapeau, et encore moins des lunettes de soleil…

– Et si tu enfilais une cagoule ? suggéra Josh. Ce n'est pas hyper sexy, mais avec ce froid de canard, ça ne sera pas choquant.

– Je ne veux pas vous faire de peine, les gars, mais il n'est pas question que je joue, demain. Je dois garder à l'œil le gros dégueulasse qui m'a piqué mon corps.

– Dommage, a dit Andy. Ça serait peut-être le début d'une nouvelle carrière, pour toi, Jake.

16

Josh et Andy partis, je suis revenu au salon. Mais l'extraterrestre avait disparu ! Je me suis rué dans le couloir. J'ai entendu ma sœur qui blablatait dans la cuisine :

– Pendant un moment, j'ai eu une phase végétarienne pure et dure. Depuis, j'ai évolué. Est-ce que certains extraterrestres sont végétariens ?

J'ai passé ma tête d'emprunt par la porte de la cuisine. Jessica était de nouveau aux fourneaux. À en juger par l'odeur qui avait envahi la pièce, elle était en train de cramer la mixture de tout à l'heure.

Soudain, j'ai cru que j'hallucinais : elle avait coupé les cordes qui entravaient notre prisonnier ! À présent, il était tranquillement assis à la table de la cuisine, attendant sans doute le bon moment pour nous fausser compagnie.

– Là d'où je viens, la nourriture n'a pas de goût, pas d'odeur, pas de couleur. Elle ne ressemble à rien. On ne sait pas du tout ce qu'on mange.

– Quel dommage ! a compati Jessica. Actuellement, je redécouvre le plaisir des épices, des goûts inattendus, des saveurs étranges...

– Miam ! Ça me met l'eau à la bouche, a affirmé ce fayot.

Gnagnagna... Je n'y ai plus tenu. J'ai ouvert en grand la porte, et j'ai lâché :

– Excusez-moi de vous interrompre, mais je voudrais parler à Jessica en privé.

– Jake ! Je suis occupée. Ça ne peut pas attendre un peu ?

– Non ! Je dois te parler *maintenant*.

Ma sœur a roulé des yeux pour bien me montrer qu'en plus d'être ridicule, différent, intéressant et pénible, j'étais aussi le roi des casse-pieds. Elle s'est tournée vers l'extraterrestre :

– Est-ce que tu pourrais touiller, comme tu m'as vu faire ? Je reviens !

– C'est un honneur, a répondu celui qui m'avait piqué mon corps.

Jessica m'a suivi dans le couloir.

– Comment tu peux t'intéresser à ce sale type ? ai-je attaqué dès que la porte de la cuisine s'est refermée.

– Ne sois pas bête, Jake : ce garçon a fait un long voyage, et il...

– Ce n'est pas un garçon ! C'est un extraterrestre ! Et, d'abord, pourquoi tu l'as détaché ? Il peut s'échapper comme il veut !

– Pour aller où ?

– N'importe où ! ai-je couiné. En Alaska... en Chine... sur la Lune... ailleurs... hors de portée ! Ma sœur a hoché la tête :

– Je ne crois pas qu'il ait l'intention de s'en aller. Il est bien avec nous, et...

– Franchement, qu'est-ce que tu en sais ? C'est un extraterrestre, nom de nom ! Il ne pense pas comme nous !

– Il ne faut pas juger les gens sur leur origine, Jake. Je pense que ce garçon a beaucoup souffert.

C'est à nous de lui apporter du réconfort...

– Et c'est à *moi* de lui en donner, alors qu'il m'a volé mon corps ?

– C'était un accident. Il te le restituera en temps et en heure.

– Ouais, bien sûr...

Et elle est retournée dans la cuisine.

Je suis resté décontenancé. Faire confiance à un extraterrestre ! Ou bien Jessica n'était jamais allée au cinéma, ou bien elle était folle, tout simplement.

Il valait mieux que je les surveille, tous les deux. Je suis entré dans la cuisine au moment où ma sœur demandait :

– Au fait, tu as sûrement un nom ?

Le voleur de mon corps a sursauté.

– Où avais-je la tête ? Je ne me suis même pas présenté ! Je m'appelle Howard.

– Howard ? a répété ma sœur en grimaçant.

– Oui. Cela vous messied-il ?

– Oh non, pas du tout ! a répondu précipitamment ma sœur en faisant semblant de comprendre. Enfin... c'est juste que... que... que...

– Que quoi ?

– Ben, que, comme tu viens d'un autre monde, tu aurais pu avoir un nom, euh, un peu plus exotique, genre Xotlulth, Némoroïde ou Strgzftdtfzbfj, tu vois?

– La consternation s'abat sur moi : j'aurais tant aimé ne pas décevoir des hôtes si chaleureux et bienveillants!

– Où as-tu appris à parler aussi bien notre langue? s'est informée Jessica.

J'ai bondi :

– Tu trouves qu'il parle *bien*? Moi, il me saoule!

– Je n'ai aucun mérite : je crois que je suis doué pour ça, a murmuré l'extraterrestre en baissant mes yeux avec modestie.

Jessica ouvrit le placard à assiettes et en sortit trois.

– Laissez, laissez! est intervenu le baratineur de l'espace. Expliquez-moi ce que vous attendez de moi, et je me ferai un devoir, que dis-je? un plaisir de vous rendre service.

– Tu plaisantes? Tu es notre invité. Si j'ai besoin d'un coup de main, je demanderai à Jake de m'aider.

– Compte là-dessus, ma vieille, ai-je marmonné.

– Non, vraiment, j'insiste, a protesté Howard. Je

suis là, inutile… Vous-même avez tant donné de vous en préparant ce délicieux repas, dont le fumet subtil…

– Arrête ! l'ai-je interrompu. Fais des phrases plus courtes, tu me donnes mal à la tête !

– Jake ! Si tu n'es pas content, tu peux sortir de la cuisine.

– Et puis quoi encore ? Pour qu'il s'enfuie ?

– Jake ! Tais-toi ! On en a déjà parlé !

Jessica s'est tournée vers Howard et lui a souri, parfaite-maîtresse-de-maison :

– Ne crois pas que ça me coûte le moins du monde : j'adore cuisiner. Et le faire pour quelqu'un qui se réjouit de manger autre chose que de la nourriture insipide…

– Certes ! Mais, de grâce, permettez-moi de dresser la table ! J'y tiens !

– Bon, d'accord, c'est très gentil à toi. Les couteaux et les fourchettes sont dans le meuble en bois, là-bas. Et les verres sont dans le buffet.

J'ai observé Howard avec curiosité. Un extraterrestre qui s'appelait Howard, qui parlait notre langue, et qui savait à quoi servaient les différents ustensiles dont nous, Terriens, nous servons pour boire et manger, ça me semblait bizarre !

Finalement, nous sommes passés à table. Jessica a apporté un plein saladier de gnawatruhoxila, d'après ce que j'ai compris. C'est un plat africain qu'on fait avec du broutouchougazouilli et du chpoufichpoufa, toujours d'après ce que j'ai compris. On laisse mijoter le mélange pendant des heures, puis on rajoute des tonnes d'épices différentes pour donner du goût.

L'odeur qui s'en dégageait m'a fait monter les larmes aux yeux, et je me suis mis à tousser si fort que j'ai pensé que ma dernière heure était arrivée.

– Quel fumet ! s'est extasié le lèche-bottes de service.

– Attends de goûter, tu m'en diras des nouvelles ! s'est rengorgée Jessica.

Elle a rempli nos assiettes avec une louche. Le temps que je réagisse, j'avais devant moi une immense montagne de gnawatruhoxila. C'était horrible. La couleur dominante était le jaune, mais il y avait aussi des grumeaux rouges, noirs et verts. C'était aussi appétissant que du vomi de chien, mais ça n'a pas semblé gêner l'extraterrestre le plus ennuyeux de l'espace. À peine tout le monde

servi, il s'est mis à dévorer sa part en s'encoura-
geant à haute voix entre deux bouchées :

– Fabuleux ! Délicieux ! Prodigieux ! Sublime !
Quel régal ! Quelle merveille ! Quel ravissement
des papilles ! Je n'ai jamais…

– Howard, tu deviens lourd, l'ai-je arrêté.

– Jake ! a glapi la cuisinière. Laisse-le s'exprimer !
Pour une fois que quelqu'un apprécie la bonne
cuisine…

Je me suis levé sans mot dire et je suis allé me préparer une tartine de beurre de cacahuète. Pendant
ce temps, Howard s'est resservi une première
fois… une deuxième… puis une troisième fois…

Et une quatrième fois ! Il a mangé cinq assiettes de
gnawatruhoxila ! Hallucinant !

Quand il a eu raclé le plat, vidé mon assiette et
saucé la sienne, il s'est essuyé les lèvres avec une
serviette et, tout sourires, a déclaré à Jessica :

– Mes compliments au chef… ou dois-je dire à la
cheftaine ?

Ma sœur a rougi sans répondre, aussi émue que si
elle avait rencontré l'extraterrestre de sa vie !

17

Agacé, j'ai pris la parole pour revenir à des choses importantes :

– Tu sais ce qui est étonnant, Jessica ?

– Non, a dit l'intéressée, sur ses gardes.

– C'est qu'on est assis à la même table qu'un extraterrestre, et qu'il sait exactement comment on se comporte dans ces circonstances.

J'ai regardé Howard droit dans mes yeux :

– Tu vois ce que je veux dire ? C'est dingue que tu saches à quoi servent des assiettes et des verres, comment on tient une fourchette, et tout ce genre de trucs ! Tu es extralucide ou quoi ?

L'amateur de gnawatruhoxila semblait surpris :

— Je vais tout vous expliquer. Je…

— Ne te sens pas obligé, l'a interrompu Jessica. Au fond, ce ne sont pas nos affaires !

— Moi, ça m'intéresse, ai-je rétorqué. J'aimerais bien comprendre, par exemple, pourquoi tu as piqué une crise tout à l'heure, quand j'ai allumé la télé.

— Eh bien, sur ma planète, nous avons également la télévision. Les gens passent leur temps à la regarder.

— Ça me rappelle quelqu'un, a observé ma sœur avec la finesse qui la caractérise.

— Figurez-vous que j'ai vu des photos de nos lointains ancêtres, et ils n'étaient pas sans vous ressembler… Et regardez ce que nous sommes devenus !

Howard et Jessica m'ont observé avec dégoût.

— Savez-vous pourquoi nos jambes sont désormais si courtes et si faibles ? demanda Howard. C'est parce qu'elles ne nous servent plus à rien. Nous nous contentons de rester assis et de regarder la télé.

– Et pourquoi vos bras sont-ils aussi longs ? s'est enquie ma sœur, bon public.

– Pour nous permettre d'atteindre tout ce que nous voulons sans nous lever.

– Et pourquoi votre voix est-elle aussi… différente ?

– Parce que nous n'en avons plus besoin. Bientôt, nous n'en aurons plus du tout, mais cela ne nous gênera pas : là d'où je viens, personne ne parle à personne.

– Et votre peau est aussi pâle parce que vous ne sortez plus jamais ? a deviné Jessica.

– C'est cela même.

– Et vous avez des yeux aussi grands pour mieux apprécier les écrans géants de vos télés ?

– Exactement.

Ma sœur a fait la moue :

– J'ai compris le principe, mais quelque chose m'échappe. Pourquoi avez-vous cette bouche en forme de bec ?

– Elle convient parfaitement pour maintenir les sachets de chips et autres horreurs de ce genre.

– Horreur toi-même, ai-je marmonné.

– Quel terrible avertissement pour toi, Jake ! s'est exclamée Jessica.

– N'importe quoi! ai-je couiné. C'est vrai que j'aime bien regarder la télé en mangeant des chips et des trucs comme ça, mais de là à ressembler à Howard…

– Jake! a crié ma sœur.

D'un geste, l'extraterrestre l'a arrêtée et a souri tristement :

– Non, ce n'est pas grave. Je pense que vous comprenez maintenant pourquoi j'ai essayé de m'enfuir quand je me suis retrouvé dans votre corps. Vous ne pouvez pas avoir idée comme cela fait du bien de marcher sans être essoufflé dès le premier pas, d'être libre de ses mouvements, d'admirer les merveilleuses couleurs qui nous entourent, et de respirer le bon air glacé de l'hiver. Le plus petit brin d'herbe scintillant de givre sous la douce lumière de la Lune n'est-il pas bouleversant?

Jessica a éclaté en sanglots. Visiblement, si, c'était bouleversant.

Howard s'est excusé encore et encore jusqu'à ce que ma sœur se calme et essuie ses larmes avec sa serviette.

– Je suis terriblement navré! a lâché l'extraterrestre. Je voulais juste vous dire que… que vous avez une chance extraordinaire.

– Oh oui ! a soupiré Jessica en reniflant. C'est tellement juste, ce que tu dis, Howard ! Je dois absolument faire quelque chose !

Jessica s'est levée et a pris la direction de notre toute nouvelle super télé géante !

– Attends ! ai-je couiné en me précipitant à sa suite.

Elle voulait jeter le plus bel objet du monde !

18

Mon corps d'extraterrestre n'était pas fait pour le sprint! Heureusement, quand je suis arrivé dans la pièce de la télé, ma sœur n'avait pas encore commis l'irréparable. J'ai projeté mes bras immenses en avant, et j'ai tendrement enlacé le poste.

– Attention, Jessica! ai-je lancé. Ne fais rien que tu puisses regretter par la suite. Papa n'apprécierait pas que tu touches à sa dernière acquisition.

– Il comprendra, a-t-elle affirmé.

– Je ne crois pas! Non, franchement, je suis un peu d'accord avec Howard, mais faut pas exa-

gérer. On n'atteindra jamais son niveau de lai-
deur. Et on ne sera jamais aussi obsédés de télé
que ses potes extraterrestres.

– Qu'est-ce que tu en sais ?

– Mais c'est évident ! Regarde-nous ! Et puis quoi ?
Même toi, tu aimes bien regarder une émission de
temps en temps ! Et pourtant, tu ne ressembles
pas à ce monstre, n'est-ce pas ?

Jessica a soupiré profondément. J'ai resserré mon
étreinte sur le téléviseur. Son sort se jouait en ce
moment.

Ma sœur a hoché la tête et est retournée à la cuisine. J'ai embrassé l'écran géant avec mon bec,
puis j'ai emboîté le pas à Jessica.

Howard était en train de débarrasser la table.

– Je tiens à participer aux tâches ménagères, a
expliqué Howard.

– Je t'en prie : laisse ces assiettes où elles sont !
Jake va s'occuper de la vaisselle.

– Quelle bonne idée ! ai-je maugréé.

– Souffrez que j'insiste, a repris l'extraterrestre.

– Non, non, Howard, cela me gênerait terriblement. Je préfère que tu viennes avec moi. Je vais
te montrer quelque chose qui devrait te plaire.

Jessica est sortie de la cuisine, Howard sur ses talons. Curieux de savoir ce que ma sœur mijotait, j'ai suivi le mouvement. Mais, brusquement, elle a fait volte-face :

— Tu as déjà fini la vaisselle, Jake ?

J'aurais pu lui répondre d'aller se faire cuire un gnawatruhoxila – je n'ai rien dit : Howard commençait à me courir, et quelques minutes sans le voir, c'était toujours ça de gagné.

Le corps de l'extraterrestre s'est révélé aussi bien adapté à la vaisselle qu'à la télé. Grâce à ses bras extensibles, on pouvait débarrasser la table et laver les assiettes, les verres et les couverts sans bouger.

Quelques minutes plus tard, Jessica est revenue dans la cuisine.

— Où il est ?

— Au salon. Je voulais qu'il voie la collection de livres d'art de maman.

— Quoi ? Tu lui as donné les gros livres trop ennuyeux avec tout plein de tableaux ?

Jessica a hoché la tête :

— Il m'a dit qu'il n'a jamais rien vu de plus beau.

— Il nous ressort ça à chaque fois…

– Et alors? C'est formidable, d'être capable de s'enthousiasmer sans cesse!

– Tu parles! Tu es flattée parce qu'il a adoré ton gnawamachintrucbidule.

– Pas du tout! Tu sais quoi, Jake? Je crois que tu es jaloux de Howard.

J'ai haussé les épaules:

– Enfin, vivement qu'il me rende mon corps et qu'on en soit débarrassé.

– Justement, je voulais t'en parler…

Quelque chose dans sa voix m'a mis la puce à l'oreille:

– Tu ne veux pas me demander que je le laisse garder mon corps, quand même!

– Si, a reconnu Jessica. C'est ce que je voulais te demander, à un moment.

– Tu es frappée!

– Howard est tellement charmant, bien élevé, poli, agréable et facile à vivre! s'est extasiée Jessica.

– Et moi, je suis un gros imbécile insupportable?

– Parfois, oui, Jake, il t'arrive d'être un gros imbécile insupportable.

– Eh bien, toi aussi, parfois, tu es une grosse imbécile insupportable!

– Alors, pourquoi ne pas nous séparer? a-t-elle lancé en grimaçant.

– Mais c'est pas vrai! Mais c'est pas vrai! ai-je piaillé en laissant tomber un verre dans l'évier. Et si tu pensais un peu à moi, hein? Tu crois que ça me fait plaisir de rester dans ce corps horrible?

– Non, ça n'a pas l'air de te rendre heureux. Rassure-toi, je ne cherche pas à te refiler aux extraterrestres. Écoute ce que j'ai pensé. Pondu ne sera pas de retour avant demain soir. Donc, vous ne pourrez pas intervertir vos corps avant lundi matin, d'ac'?

– Jusque-là, d'ac'.

– Bon. Par ailleurs, tu as vu combien Howard appréciait d'être dans ton corps?

Je me suis avancé vers elle, menaçant:

– Si tu t'imagines que je vais laisser Howard profiter de mon corps une seconde de plus que nécessaire, tu rêves, Jessica!

– Ce n'est pas ce que je voulais dire! Mais, plutôt que de le garder enfermé dans la maison, on n'a qu'à le laisser profiter des joies du grand air au moins une journée!

– Et s'il essaie de s'échapper?

– Je ne le lâcherai pas d'une semelle, c'est promis.

J'ai froncé les sourcils, surpris :

– Pourquoi tu te démènes comme ça pour lui ?

– Parce qu'il me fait mal au cœur ! Est-ce que tu n'as pas *du tout* pitié de lui ?

– Un peu, ai-je admis. Un tout petit peu. Mais j'ai beaucoup plus pitié de moi !

– Ne t'inquiète pas, Jake, tout va bien se passer. Je vais l'emmener dans des endroits qu'il adorera. Pendant ce temps, toi, tu iras aider ton équipe de foot.

– Vous serez là tous les deux lundi matin, pour que je récupère mon corps, tu le promets ?

– Je le jure, a dit solennellement Jessica.

– Même si tu t'entends mieux avec lui qu'avec moi ?

– C'est vrai qu'il est sympa et tout…, a reconnu ma sœur. Mais ce serait dégoûtant de ma part si je ne t'aidais pas à retrouver ton corps.

Elle s'est dirigée vers la sortie. Je l'ai arrêtée :

– Jessica…

– Oui ?

– Euh, même si je préfère les cheeseburgers au gnawablabla, je t'aime bien quand même.

Elle m'a souri :

— Moi aussi, je t'aime bien *quand même* !

Avec Jessica, nous sommes allés au salon annoncer la nouvelle à Howard. Notre invité avait fini de regarder les livres d'art et avait envahi le bureau. Il tapait sur la machine à écrire électrique de mon père.

— J'aide votre frère pour son exposé, a-t-il expliqué en désignant mon chef-d'œuvre, que j'avais laissé sur la table, près de la télé. Je ne veux pas qu'il ait une mauvaise note à un devoir aussi facile.

Un extraterrestre rédigeait mon devoir sur la vie extraterrestre !

— Je n'en ai pas pour longtemps, dit Howard en tapant de plus belle.

Fascinés, Jessica et moi regardions ses doigts voler sur le clavier.

— Où as-tu appris à taper aussi vite ? a demandé ma sœur, en extase.

— Je ne sais pas, dit Howard en s'arrêtant de frapper. Ça m'est venu tout seul.

— Continue ! l'ai-je encouragé. Tu es bourré de talent, coco !

Le « tacatac » de la machine a repris. Au bout de

quelques minutes, l'extraterrestre m'a tendu une liasse :

– Je pense que votre professeur préférera cette version à votre première esquisse.

– C'est cool, mec. Merci.

– Howard, qu'est-ce que tu dirais d'une bonne balade, demain ? a commencé ma sœur. Je suis prête à t'emmener où tu veux...

– Nous pourrions nous rendre dans une librairie ? Dans un musée ?

– Où tu voudras, a confirmé Jessica.

Pendant que Howard et elle mettaient au point leur programme, j'ai appelé Josh pour l'informer que je jouerais demain. Tout, plutôt que visiter un musée ou, pire, une librairie !

19

Le lendemain matin, il faisait un peu moins froid, mais le vent avait forci. Ça signifiait que le terrain de foot ne serait pas gelé. Il y aurait bien match.

– Fabuleux ! Tout simplement fa-bu-leux ! s'extasiait Howard en se goinfrant de marmelade d'oranges amères.

Moi, je m'avalais mon petit déjeuner préféré : du beurre de cacahuète sur de grandes tranches de pain.

Soudain, j'ai remarqué des gens bizarres devant chez nous. Ils passaient dans l'allée à petite vitesse, chevauchant des triporteurs qui devaient bien avoir cent ans. Qu'est-ce qui pouvait pousser quelqu'un à sortir sur de pareils engins un jour comme celui-ci ?

– Tu les as déjà vus avant ? ai-je demandé à ma sœur.

– Non. Pourtant, avec leur scooter à trois roues, on ne peut pas les manquer !

Howard s'est approché de la fenêtre pour voir ce qui nous intriguait. Et là, il est devenu tout pâle et s'est écrié :

– Palsambleu !

C'était sans doute un très gros mot, car il s'est aussitôt excusé de s'être laissé aller.

– Ils sont venus me récupérer, a-t-il ajouté.

– Quoi ? s'est alarmée Jessica.

– Les deux, là… ils viennent de ma planète.

– Pour te ramener ? s'est enquis Jessica.

– Oui, exactement !

– Est-ce qu'ils t'ont repéré ?

– Je ne crois pas, dit Howard. Mais ils reviendront. Ils doivent savoir que je ne suis pas loin !

Brusquement, j'ai compris l'horreur de la situation : Howard avait mon corps. S'il était enlevé avant lundi matin, je resterais piégé pour toujours dans le sien !

— Planque-toi ! ai-je crié, paniqué.

— Non, c'est vous qui devez vous cacher ! En vous voyant, ils supputeront m'avoir retrouvé. Ce non-obstant, gardons notre sang-froid, a suggéré Howard.

— Garde ton sang-froid si ça te chante ; moi, j'ai les jetons ! Je ne veux pas être un extraterrestre pour le reste de ma vie.

— Ne craignez rien, a temporisé Howard en hochant ma tête. Cela n'arrivera pas. Je leur expliquerai que nous avons interverti nos corps, et…

— Pourquoi te croiraient-ils ?

— Parce que.

— Ah oui, en effet, c'est une bonne raison, ai-je ironisé. Je suis complètement rassuré. Merci, Howard.

Les deux types bizarres sont repassés devant chez nous.

— Voyez-vous la boîte que l'un d'entre eux tient à la main ?

Jessica et moi avons opiné. Le truc ressemblait à une vieille Game Boy.

– C'est une Structure nanosensible à infrarouges furtifs, qu'on appelle aussi Snif. Il suffit d'entrer une odeur dans le détecteur. Ensuite, celui-ci vous permet de la suivre où qu'elle se trouve.

– On est perdus! ai-je conclu.

– Nous allons masquer votre odeur, a expliqué Howard.

C'est ma sœur qui a fourni le parfum. Le truc sentait terriblement mauvais : un parfum de fille, quoi. Je m'en suis bravement aspergé, puis Howard m'a reniflé :

– Parfait! Désormais, la Snif ne peut plus vous repérer.

– Mais les types peuvent toujours me voir…, ai-je objecté.

– Si vous portez des habits de saison, ils ne soupçonneront certes pas que vous êtes celui qu'ils cherchent!

– Mais je ne suis pas celui qu'ils cherchent!

– Alors, vous voyez bien! Vous ne courez aucun risque…

– On y va? a lancé Jessica en regardant sa montre ostensiblement.

– Où ça? ai-je demandé.

– Nous allons commencer par visiter le musée, a dit ma sœur en s'adressant à Howard. Ensuite, nous...

– Attendez! l'ai-je coupé. Vous n'allez pas me laisser tout seul?

Le silence s'est abattu sur la pièce.

– Si? Vous allez *vraiment* me laisser tout seul?

L'extraterrestre et ma sœur se sont entre-regardés. Confirmation: ils comptaient bien me laisser tout seul!

– Vous êtes des...

– Je vous assure que vous ne risquez rien, a dit Howard. Toutefois, je vous conseille de rester ici jusqu'à l'heure de votre match. Jessica et moi allons visiter le musée ce matin; nous vous rejoindrons près du terrain plus tard.

Et ils sont partis.

20

Vers midi, on a sonné à la porte. Je suis allé ouvrir. J'étais en tenue de foot : un vieux survêtement, dont j'avais retroussé les manches et les jambes pour qu'il convienne à ma petite taille, et, par-dessus, le short et le débardeur officiels de notre équipe.

J'ai ouvert la porte. Josh et Andy étaient là, emmitouflés dans de nombreuses couches de manteaux, de bonnets et d'écharpes. Dès qu'ils m'ont vu, ils se sont mis à ricaner.

– Qu'est-ce qu'il y a de si drôle ?

– Rien, rien… Tout va bien, a menti Andy.

J'ai interrogé Josh du regard. Ce traître ne m'a pas répondu.

– Bon, écoutez, les gars, si vous devez vous moquer de moi toute la journée comme ça, je reste ici et je ne joue pas !

– Non, Jake ! a protesté Josh. On fait tout ce qu'on peut pour ne pas rire !

– C'est juste que…, a commencé Andy.

Mais des soubresauts nerveux le parcouraient. Son visage rougissait. Pourtant, il a réussi à ne pas rire tout haut, et il a continué :

– C'est juste que ton short touche presque le sol !

J'ai vérifié : il disait la vérité. J'ai relevé le bas de mon short. Pendant ce temps, Josh reniflait bruyamment.

– Tu veux un mouchoir ? lui ai-je proposé.

– Non, mais qu'est-ce que ça pue, chez toi ! Jessica a renversé un flacon de parfum ou quoi ?

– C'est moi qui sens comme ça, ai-je avoué.

– Tu abuses, Jake ! Pourquoi tu en rajoutes dans l'horreur ?

– Parce que Howard m'a conseillé de me parfumer.

115

– C'est qui, Howard?

– L'extraterrestre qui m'a piqué mon corps.

– Howard? Mais c'est complètement nul! Et pourquoi pas Kevin, ou Brandon, ou Dylan? s'est esclaffé Josh.

– Pour votre information, ai-je dit, moi aussi, j'aurais préféré qu'il s'appelle Xitonian de Sulfateuse ou Bip-Bip le Barbare...

– Et donc Howard trouvait que tu puais, il t'a demandé de prendre une douche, et toi, tu as préféré t'asperger de parfum...

– Tu es super drôle aujourd'hui, Josh!

– Oh, Jake! Ne t'énerve pas comme ça, est intervenu Andy, et explique-nous le coup du parfum.

– C'est à cause des autres extraterrestres. Ils me cherchent.

– Quels autres extraterrestres?

– Des extraterrestres qui habitent sur la même planète que Howard. Ils sont à sa poursuite. Et, au cas où vous ne l'auriez pas remarqué, c'est moi qui suis dans le corps de Howard. Donc c'est moi qu'ils cherchent. Et, pour me trouver, ils ont un détecteur d'odeurs appelé Snif.

– Snif?

– Ouais, c'est les initiales du nom qui veut dire détecteur d'odeurs hyper électrotechnique, en vachement plus compliqué.

Andy a froncé les sourcils. Bonne nouvelle : il réfléchissait. C'était peut-être la première fois qu'il essayait, depuis que Josh et lui avaient commencé de se moquer de moi.

– Tu as mis un parfum pour qu'ils ne te repèrent pas, hein ?

J'ai soupiré, soulagé :

– Tu as compris ! J'ai cru que j'avais mal expliqué.

– Non, non, tu as très bien expliqué, Jake, m'a assuré Josh. Écoute, on va faire un petit tour à l'hôpital. Ils vont te passer une jolie camisole, ils vont te mettre dans une jolie chambre toute blanche, et tu vas faire un joli dodo.

– On ne pourrait pas l'envoyer au joli asile *après* le match ? a demandé Andy.

– Je ne sais pas s'il est en état de jouer…

– JE NE SUIS PAS FOOT… EUH, FOU ! ai-je hurlé.

Mais ni Andy ni Josh ne me prêtaient plus attention. Ils discutaient entre eux :

– Oh, le beau cas ! Arrêtez-moi si je me trompe, professeur Andy, mais notre patient Jake Sherman semble souffrir de graves déficiences mentales, incompatibles avec la pratique du football.

– Je confirme votre diagnostic, docteur Josh.

– Merci, professeur Andy. Je pense que vous serez aussi d'accord avec mon analyse. Selon moi, comme Jake est fou, tout ce qu'on peut faire, c'est lui enlever tous ses vêtements et le mettre nu sur le terrain. L'équipe d'en face sera tellement occupée à rigoler que pas un de leurs avants ne pensera à tirer dans nos cages !

– JE NE SUIS PAS FOU ! ai-je de nouveau hurlé.

– Bien sûr, Jake, a dit le professeur Andy. Tu n'es pas fou. Tu es juste complètement frappadingue-délirant-tapé-cinglé, et j'en passe !

J'ai baissé ma tête d'extraterrestre :

– Tout ce que je vous ai raconté, c'est l'exacte vérité. Vous acceptez de croire que je me suis transformé en extraterrestre parce que vous le voyez. Mais, même si vous ne voyez pas le reste, c'est vrai...

Les deux psychiatres se sont consultés du regard.

– Il raisonne. Il a l'air plus sain d'esprit que je ne pensais, a estimé l'un.

– Il a même l'air normal, en tout cas par rapport

à d'habitude, a confirmé l'autre.

– Mais pourquoi tu t'es mis ce parfum qui pue, Jake? s'est exclamé Andy. Même l'horrible sent-bon à la lavande que vous avez dans les toilettes pue moins que ça!

– Bon, faut y aller, est intervenu Josh.

– Je prends mon manteau, et je vous suis.

– Mets ça, aussi! m'a dit Andy en me tendant une cagoule bleue. C'est plus sûr.

Je me suis mis au travail: manteau, écharpe, moufles, cagoule… J'ai évité de me regarder dans la glace. Je devais ressembler à un abominable homme des neiges qui aurait pris froid. Et nous sommes sortis, direction le terrain de foot, la victoire et surtout la gloire.

Il faisait tellement froid qu'à chaque bouffée, j'avais l'impression que l'air allait geler dans mes poumons. Le vent sifflait à nos oreilles, faisant craquer les branches des arbres et vibrer les poteaux électriques. Nous avancions, courbés en deux pour résister aux rafales. Josh a hurlé pour se faire entendre:

– Vous savez qui va gagner, aujourd'hui? L'équipe qui mourra de froid après l'autre!

– Attendez ! s'est écrié Andy. Je ne vous ai pas dit ? Il paraît que la finale du championnat pourrait être annulée.

– Quoi ? avons-nous gémi, Josh et moi, d'une même voix.

– Parfaitement ! Ils ont dit que, avec ce vent, le terrain risquait de s'envoler !

Nous avons éclaté de rire, mais, soudain, j'ai cru que j'allais tomber en syncope. Deux silhouettes tournaient au coin de la rue et s'approchaient de nous sur leurs triporteurs.

Les extraterrestres !

21

– C'est eux! ai-je soufflé.

– Qui ça, eux? a demandé Josh.

– Les extraterrestres dont je vous ai parlé. Regardez! Celui de droite a un truc gris, à la main. C'est une Snif.

– On court? a proposé Andy.

– Non! l'a retenu Josh d'une voix grave.

– Alors, qu'est-ce qu'on fait?

– On reste cool.

Les deux extraterrestres s'approchaient. Mon cœur battait à deux cents à l'heure.

Andy a senti combien j'étais tendu. Il s'est tourné vers moi et m'a mis la main sur l'écharpe :

— Tout va bien se passer. Tu pues vachement fort, c'est un bonheur.

Bip ! Bip ! Bip !

Derrière nous, l'alarme de la Snif venait de se déclencher. Les extraterrestres nous ont dépassés. Ils ont pris une dizaine de mètres d'avance et se sont arrêtés pour nous observer attentivement.

— Cool, les gars, on reste cool ! a répété Josh.

Nos ennemis ont légèrement baissé leurs écharpes. Les tubes qui leur servaient de narines ont frémi.

— C'est pas la bonne odeur, a couiné le premier.

— Mais la machine ne se goure jamais ! a protesté le second.

— Il faut un début à tout…

Ils ont encore humé l'air, nous ont regardés et re-regardés sous toutes les coutures. Pourtant, quand nous les avons dépassés, ils n'avaient toujours rien détecté de suspect.

Je me suis retourné discrètement. Je les ai vus remettre leurs écharpes en place et s'éloigner.

— On est les champions, on est les champions, on

est, on est, on est les champions! a entonné très faux Andy.

— On a eu chaud, ai-je couiné.

— *Tu* as eu chaud, a rectifié Josh.

— Par ce temps, ça ne fait pas de mal! ai-je répliqué.

Nous avons ri. Cette fois, aucune mauvaise surprise ne nous en a empêchés.

— Vous avez entendu comment ils parlaient? a lancé Andy. À part leur voix *différente*, on aurait dit des humains!

— Howard ne parle pas comme eux, mais on en discutera une autre fois : il faut qu'on déguerpisse avant que ces snifeurs reviennent sur leurs pas!

Andy et Josh ont accéléré… et j'ai essayé de suivre avec mes petites jambes de nabot extraterrestre. Quand nous sommes arrivés, notre équipe était déjà réunie autour de Roberts, notre entraîneur.

— Chacun doit donner à l'équipe 200 % de ce qu'il a! criait celui-ci. Je veux que le cuir circule! Le foot est un sport collectif, pigé? Le mec qui a envie de jouer perso, il part tout de suite. C'est grâce à nos valeurs qu'on va gagner : fair-play, volonté, solidarité!

– FAIR-PLAY, VOLONTÉ, SOLIDARITÉ, ont repris les joueurs.

– Bien, je vois que les retardataires sont arrivés, a constaté l'entraîneur en se tournant vers nous. Sauf Jake ! Il est où ?

– Il a eu un empêchement. Mais on a pris, euh, Zinedine avec nous, a expliqué Josh.

– Comme il ressemble un peu à Jake, ça ne devrait pas poser de problèmes si l'arbitre vérifie les licences…, a ajouté Andy, drôlement technique.

– Ce n'est pas très légal, mais nous n'avons pas le choix, a soupiré Roberts. Est-ce que tu as déjà joué goal avant ?

J'ai acquiescé de la tête. Pas question de parler : tout le monde se moquerait de moi !

– Dans son ancien club, il était considéré comme l'un des meilleurs goals de sa catégorie, a avancé Andy.

– Il est un peu petit pour ce genre de poste…

– Oui, mais vous allez voir la détente qu'il a !

– Il ne peut pas parler ?

– Hors du terrain, Zinedine est hyper timide…, a confirmé Andy. Mais une fois qu'il est dans ses cages, ça dégage, ha-ha-ha !

– Bon, de toute manière, il faudra faire avec! a murmuré Roberts.

Puis il a crié :

– Allez, échauffement! C'est parti pour trois tours du terrain !

J'ai trottiné avec les autres sur une ligne droite. Arrivé au bout, j'étais complètement essoufflé. Je me suis arrêté, incapable d'aller plus loin.

– C'est qui, ce gus? s'est agacé Roberts.

– Zinedine a ressenti une douleur au mollet il y a quelques jours, a inventé Josh. Il préfère ne pas forcer.

Roberts s'est éloigné en maugréant. J'ai fait semblant de m'étirer. Pendant ce temps, les autres terminaient leur footing et faisaient quelques accélérations.

Ensuite, nous sommes retournés aux vestiaires. Roberts nous a donné ses derniers conseils. Mes copains ont crié une dernière fois «fair-play, volonté, solidarité», et nous sommes sortis sur la pelouse sous les acclamations d'une bonne demi-douzaine de personnes.

22

– Allez, Josh ! Allez, Andy ! Allez, Jaaake !

Quelqu'un criait mon nom depuis le bord de touche. C'était la première fois que j'avais droit à un tel honneur. Josh s'est retourné, furieux : je ne m'appelais pas Jake, mais Zinedine !

– Jake…, m'a-t-il chuchoté. Ta sœur est dans le public… et toi aussi.

En effet, Howard était là, comme prévu, avec Jessica. Heureusement, l'extraterrestre avait caché mon visage derrière son écharpe et le col de son manteau, si bien qu'on ne me reconnaissait presque pas.

Nous nous sommes mis en place. Les deux capitaines se sont serré la main, et le match a commencé. Pendant vingt bonnes minutes, les arrières se sont contentés de trottiner pour ne pas geler, pendant que les centres et les avants couraient mollement pour ne pas se faire incendier par leur entraîneur.

Pourtant, peu à peu, les passes sont devenues plus précises, et l'équipe adverse a mené une offensive redoutable sur le côté gauche. Constatant le danger, Josh s'est rué sur l'attaquant qui avait la malchance d'avoir le ballon dans les pieds, et il l'a taclé sèchement à l'entrée de la surface de réparation. Puis il s'est jeté par terre en se tenant le tibia et en levant la main pour réclamer le soigneur, comme si c'était l'autre qui avait commis une faute. Mais son cinéma n'a pas marché : l'arbitre a sifflé penalty pour l'équipe adverse.

– Wouououh ! ont crié les spectateurs.

Puis tout leur répertoire y est passé :

– Vendu ! Pourri !

– Achète-toi des lunettes, l'arbitre !

– T'as touché combien pour les laisser gagner ?

– C'est dans l'autre sens qu'il fallait siffler !

– Eh! Le merle siffleur, retourne jouer à la marelle, si tu connais rien au foot!

Josh s'est relevé en boitillant. Il a salué la toute petite foule de la main, et les spectateurs ont arrêté de prendre l'arbitre à partie pour acclamer le héros en chantant :

– Josh est vraiment, Josh est vraiment phéno-ménal, lalalala, la, la !

Enfin, le silence est revenu, et le colosse que Josh avait fauché s'est avancé pour prendre le ballon. Il s'est approché de moi, m'a regardé méchamment dans les yeux, avant de reculer jusqu'au point de penalty.

Dans ma télé mentale, les commentateurs sportifs s'en donnaient à cœur joie : «Apparemment, Jake Sherman, alias Zinedine, est serein dans sa tête au niveau du mental. Il ne cède pas à l'intimidation, il reste bien campé sur sa ligne, c'est une bonne chose. Il jauge son adversaire. Celui-ci vient de poser le ballon sur la pelouse. Il se recule. Zinedine inspire à fond. C'est le gardien rempla-çant, et il sait que ce match est tout simplement la chance de sa vie. Va-t-il la saisir? Attention !

– Attention, en effet. Le joueur adverse prend

quelques pas d'élan. Ça y est, il court. Zinedine plonge à droite. Il a tort ! Le ballon part à gauche… mais RETOURNEMENT DE SITUATION ! Zinedine a étendu ses bras et a capté le globe au moment où il allait violer sa lucarne ! C'est exceptionnel ! Fabuleuse captation du globe réalisée par Zinedine !

– Ah là là là là là ! Les mots sont faibles pour parler de ce plongeon-feinte ! On le revoit sur notre écran de contrôle, Zinedine plonge à droite pour attirer le ballon sur la gauche, voilà, et là, son adversaire tombe dans le panneau, et Zinedine n'a plus qu'à cueillir la sphère délicatement, et c'est ce qu'il réussit à faire !

– Grosse, grosse émotion sur le stade, alors qu'on approche de la fin du temps réglementaire en première mi-temps… Nous en sommes à zéro à zéro. Début de partie un peu terne, mais exploit personnel de Zinedine, qui arrête un péno alors qu'on le donnait battu, et…

– Et ça y est ! L'arbitre siffle la fin de la première mi-temps ! Zéro à zéro, ici, au terrain de foot du collège. Une page de pub, et on se retrouve tout de suite après. »

L'équipe s'est jetée sur moi. J'ai manqué de mourir, aplati comme une crêpe sous l'avalanche de joueurs qui m'écrasaient pour me féliciter. Tous hurlaient :

– Trop fort !

– Génial !

– Merci, Zinedine, tu nous as sauvés !

Quand j'ai émergé, suffocant, de la marée humaine, Roberts m'a serré le gant :

– Je n'ai jamais vu un arrêt comme ça. Tu as du talent, petit !

J'ai levé le pouce vers le public, qui n'attendait que ça. Des «hourrah» et des «woh-oh-oh-oh-oh» se sont élevés. J'allais enfin être heureux pour la première fois depuis l'accident du labo, quand j'ai aperçu, au milieu de l'assistance, deux nouvelles têtes qui me disaient quelque chose…

– Josh ! Andy !

– Ouais ?

– Les extraterrestres… Ils sont là !

23

Et moi qui croyais qu'avec le parfum de Jessica, je serais hors de danger ! Josh s'est penché vers moi et a dit :

– Je suis désolé de te dire ça, Jake, mais tu ne pues plus.

– C'est impossible !

– Ça doit être à cause du vent. Le parfum s'est évaporé… et ils t'ont retrouvé.

– Ils vont me prendre ! ai-je couiné. Ils vont m'emmener sur leur horrible planète !

– Y a des chances ! Tu es mal, Jake, a conclu mon

ami. Tu es *très* mal.

– Vous n'allez pas accepter de perdre votre meilleur copain, ai-je souligné pour les motiver un peu.

– C'est surtout notre goal, qu'on risque de perdre! a répliqué Andy. Pourvu qu'ils ne t'enlèvent pas avant la fin du match!

À l'instant même, l'arbitre a sifflé pour rappeler les joueurs sur le terrain. Nous avons changé de côté. Résigné, je me suis remis dans les buts. J'étais sans doute plus en sécurité sur le terrain que caché dans un coin! D'autant qu'après mon exploit de la première mi-temps, mes coéquipiers étaient prêts à mourir plutôt que me laisser enlever…

L'arbitre a sifflé la reprise. Et, aussitôt, il a sifflé pour arrêter le jeu: les extraterrestres venaient d'envahir le terrain sur leurs triporteurs.

– Dehors! a hurlé l'homme en noir, secondé par les entraîneurs. Vous gênez le déroulement du match!

Les extraterrestres ont arrêté leurs véhicules avant de reculer et de s'installer non loin des autres spectateurs. Je les ai regardés prendre place. Ils m'ont fait de grands signes. Ils ne semblaient pas en colère. Bizarrement, cela ne m'a pas du tout rassuré. Peut-être que chez eux, ces gestes voulaient dire : «Tu ne perds rien pour attendre, mon gaillard…»

Par chance, le jeu s'est emballé dès les premières minutes, et je me suis concentré dessus. Les commentateurs de ma télé personnelle n'arrêtaient pas de critiquer notre attaque :

«On a l'impression que les hommes de pointe ne répondent pas tout à fait présents au niveau du défi physique… Qu'en pensez-vous, Nelson?

– Effectivement, effectivement. Ça manque de réalisme et de jus, ça ne défrise pas beaucoup la pelouse, comme on dit en jargon technique. Les partenaires de Zinedine n'utilisent pas assez les transversales, ils manquent de lucidité au moment de la passe décisive… Oui, pour être tout à fait honnête, je me demande si le cochon n'est pas dans le maïs!

– Ha-ha, très belle expression, Nelson. Pour ma part, j'ai bien peur qu'il se soit endormi au milieu de son repas, votre cochon, car…»

Car rien du tout! Gary, notre numéro 10, a soudain récupéré la balle, coupant la chique à mon bavardage mental. Il a passé son adversaire grâce à un petit pont royal. Aussitôt, il a entamé un une-deux magnifique avec Andy, et ils ont franchi le milieu du terrain. Ils ont encore éliminé deux joueurs, et, soudain, Andy s'est retrouvé face au dernier défenseur. Il l'a effacé d'un crochet imparable. Le goal est monté sur lui avec un temps de retard, et Andy en a profité pour le lober d'un tir superbe. Dans la lucarne !

Andy, très star, a fait la roue sur l'herbe givrée. Puis il a relevé son débardeur sur la tête et s'est mis à courir les bras tendus, en imitant l'avion. Heureusement, Gary l'a arrêté avant qu'il ne se prenne un joueur en pleine tronche.

– C'est bien, les p'tits gars ! a beuglé Roberts depuis le bord du terrain, mais on reste concentrés, hein ? Con-cen-trés !

Andy s'est replié et a tapé les mains de ses partenaires les plus proches. Nous menions un à zéro. Si nous tenions ce score dix minutes, nous gagnions le championnat.

– Soyez vigilants, les p'tits gars ! mugissait notre entraîneur. Faut rien lâcher ! J'veux vous voir les premiers sur le cuir !

Il restait moins de cinq minutes quand le même colosse qu'en première mi-temps a réussi à décrocher le joueur qui le marquait. À toute allure, il a jailli sur l'aile gauche avant de renverser l'action. Le ballon est retombé au centre, légèrement sur le flanc droit. Josh n'a fait ni une ni deux : il a dégagé en corner.

Dans ma surface de réparation, il y avait vingt-deux joueurs : même leur goal était monté ! Roberts hurlait des conseils tactiques que personne n'écoutait. Les onze avants adverses et mes dix défenseurs s'envoyaient de violents coups de coude. Je me suis décalé pour organiser un semblant de mur quand l'arbitre a sifflé.

Sans attendre, un joueur a tiré. Le ballon était bien brossé. Un corner rentrant ! L'humiliation…

Alors, j'ai tendu les bras. Mes longs bras d'extra-terrestre. Mes trrrrrrrès longs bras d'extraterrestre. Et j'ai attrapé le ballon.

24

Le silence s'est abattu sur le stade. Les spectateurs, les joueurs, les entraîneurs, tout le monde était trop stupéfait pour réagir. Les regards étaient fixés sur moi. Eh oui, j'avais bien le ballon entre les bras, qui s'étaient raccourcis.

Soudain, des applaudissements ont éclaté. J'ai tourné la tête. C'étaient les extraterrestres qui frappaient dans leurs gants en couinant. Howard et Jessica s'y sont mis à leur tour. Eux seuls pouvaient comprendre ce qui était arrivé. Sur ce, l'arbitre a sifflé trois fois : le match était terminé.

Josh et Andy ont couru vers moi et m'ont enlacé :

– On a gagné ! On a gagné grâce à toi !

Ils m'ont soulevé sur leurs épaules, et nous avons fait quelques pas d'honneur (un tour d'honneur aurait duré trop longtemps).

– Tu es un extraterrestre, Zinedine ! m'a dit Roberts quand ils m'ont reposé. Tu as gagné le championnat à toi tout seul. Merci.

– On fait une bonne équipe, hein ? m'a soufflé Andy.

– Vous avez remarquablement bien joué, m'a félicité Howard, qui m'avait rejoint. Ce n'est pas qu'une question de physique : vous avez parfaitement anticipé les situations problématiques, vous avez su apprécier les distances... et vous avez sauvé le match à deux reprises.

– Oui, mais moi ? ai-je gémi en désignant les extraterrestres. Qui va me sauver ?

– Moi, m'a répondu Howard. Je vais leur parler.

Mes coéquipiers sont tous venus me remercier. J'ai fait mon numéro de timide, et Andy a servi d'interprète. Quand les joueurs ont commencé à se disperser, les extraterrestres se sont approchés de nous. Et, soudain, deux tentacules m'ont entouré, puis deux autres.

J'étais fait comme un rat!

J'aurais pu appeler au secours, mais ça n'aurait servi à rien. Il restait encore quelques joueurs sur le terrain, qui attendaient que leurs parents viennent les chercher. Si j'avais crié, ils auraient entendu ma voix ridicule. Ils m'auraient observé plus attentivement, et ils auraient vu mon corps d'extraterrestre... et je n'avais pas envie de me retrouver dans un laboratoire, livré à des médecins bornés qui ne comprendraient rien à la situation!

J'ai laissé les extraterrestres m'attirer vers eux.

– Howard! a couiné l'un d'eux. Où t'as appris à jouer au football? C'était méga classe!

– Mère, je vous en prie, laissez-le, est intervenu Howard. C'est moi, Howard.

– C'est... c'est ta mère? a balbutié Andy.

– Qu'est-ce que tu racontes? a demandé l'extraterrestre à Howard.

– C'est moi, votre fils. Pas lui.

– N'importe nawak! a rétorqué l'autre extraterrestre. Notre Howard n'a jamais eu un corps aussi horrible!

«Mais... mais... mais c'est de mon corps qu'il

parle, ce gnome ridicule !» Mon sang n'a fait qu'un tour :

– Comment osez-vous taxer ce corps d'horrible ? Il est superbe ! Il est fabuleux ! Et puis, vous vous êtes regardé ?

– Howard ! Ton père ne voulait pas…

– Je ne suis pas Howard ! Howard, c'est lui !

– C'est ça, et moi je suis Pikachu !

– Eh ! s'est exclamé Andy. Comment ça se fait que vous connaissiez les Pokemon ?

– Allez, on se casse, a lancé le père de Howard.

– Non ! ai-je gémi. Au secours !

Aussitôt, mes amis ont saisi les triporteurs par le guidon.

– Arrière, bande de morveux ! a crié le faux Pikachu en brandissant sa Snif. Reculez, ou je vous transforme en salade de pommes de terre.

Prudemment, tout le monde a battu en retraite, sauf Howard.

– Eh ! s'est quand même écrié Andy. Comment ça se fait que vous connaissiez les salades de pommes de terre ?

– Ne craignez rien ! a lancé Howard. La Snif est inoffensive ! Père, je vous ai déjà expliqué. C'est moi, Howard, votre fils. J'ai interverti mon corps avec Jake, que vous tenez contre vous. Et j'ai passé un merveilleux séjour.

– Tu es *sûr* que tu es mon fils? a murmuré la maman intergalactique.

– Oui, mère, c'est bien moi...

– Et tu as *vraiment* eu du bon temps ici?

– Oh, c'était tellement... tellement... tellement extraordinaire de vivre en vrai, et pas par télévision interposée!

– Quelqu'un aurait-il la gentillesse de m'expliquer ce qui se passe? a demandé Jessica.

Howard a proposé que nous rentrions tous chez moi pour nous abriter du froid. Quelques minutes plus tard, nous formions un tableau insolite, avec moi dans un corps d'extraterrestre, deux autres extraterrestres, Howard dans mon corps d'humain, et Jessica, Josh et Andy dans leurs propres corps. Enfin, pas si propres, pour les deux derniers: ils venaient de jouer au football.

– Je vous présente ma mère, Doris, et mon père, Melvin, nous a dit Howard.

Des extraterrestres appelés Doris, Melvin et Howard! C'était vraiment «n'importe nawak», comme aurait dit Melvin.

Les deux extraterrestres me ressemblaient beaucoup, si ce n'est que Doris avait du rouge à bec, et Melvin de longs poils bruns qui lui sortaient des narines.

— Tu nous as fait la peur de notre vie, Howard! a couiné Doris.

— Affirmatif, a dit Melvin. On a eu tellement les boules qu'on ressemblait à des sapins de Noël! Sincèrement, on a flippé grave jusqu'à ce qu'on te retrouve... enfin, jusqu'à ce qu'on retrouve ce mec, là, comment il s'appelle?

— Le mec s'appelle Jake, ai-je lancé, rageur.

— Chacun son tour de s'expliquer : pourquoi tu t'es barré, toi, Howard? a demandé Doris.

— Vous vous en doutez, mère. Sauf votre respect, je déteste la vie que nous menons.

— Franchement, fiston, ça me scie que tu oses dire des trucs comme ça! D'où ça te vient, cet esprit de contradiction? Tout le monde *adore* passer sa vie devant la télé!

— Pas moi, père. Je veux aller dehors! Je veux courir, jouer, respirer l'air frais!

— Ah! Arrête de dire des trucs obscènes! À ton

âge ! Ça me donne des frissons !

— Bon, ça suffit, tous les deux ! s'est impatientée Doris. Toi, Howard, tais-toi un peu. Et toi, Melvin, souviens-toi : est-ce que tu n'étais pas comme ton fils quand tu avais son âge ?

— Écoute, Doris, c'est gênant ! Me pose pas ce genre de questions devant les gens, a couiné Melvin.

— Alors, si je reviens avec vous, vous voudrez bien…, a commencé Howard.

— On ne te laissera pas ici, en aucun cas, jamais, a tranché Doris. Fiche-toi bien ça dans ton petit crâne d'œuf, fiston. Par contre, si tu rêves de sortir parfois de la maison, on devrait pouvoir s'arranger, n'est-ce pas, mon amour ? a-t-elle ajouté en s'adressant à Melvin.

— Ça me semble complètement débile, mais si ça te fait kiffer, fiston, c'est d'accord.

25

Il se faisait tard. Josh et Andy devaient rentrer. Melvin et Doris ont accepté de rester jusqu'au lendemain pour que leur fils récupère son corps. On les a mis devant la télé, et on n'en a plus entendu parler jusqu'au matin.

Par contre, on a beaucoup discuté avec Howard. Il m'a révélé qu'il se sentait «investi d'une mission»:

– Je dois convaincre les gens de quitter leurs tanières, de retrouver le plaisir de vivre sans l'intermédiaire de leur télévision adorée.

C'est alors que le téléphone a sonné.

– Allô? ai-je couiné.

– Jake? a fait la voix de Pondu.

– Vous connaissez quelqu'un d'autre qui parle comme ça?

– Non, bien sûr…

– Eh bien, nous, si.

– Est-ce que vous avez retrouvé l'extraterrestre? a demandé Pondu.

– Oui.

– Comment allez-vous vous débrouiller pour l'emmener à l'école?

– En triporteur, évidemment!

– Ah. Bon. Évidemment. Je vous attendrai demain matin à sept heures.

J'ai reposé le combiné sans rien ajouter.

– C'était Pondu? a demandé Jessica.

– Non, c'était le Roi du Monde.

– Pourquoi tu lui as raccroché au nez comme ça? C'est quand même ton prof de sciences!

– C'est pour toutes les fois où je ne peux pas lui raccrocher au nez pendant les cours.

– Et si on se couchait? a proposé Howard pour changer de sujet.

– Bonne idée, a approuvé ma sœur. Demain, il faut se lever tôt.

Moi aussi, j'étais crevé, mais il y avait encore quelque chose que je devais mettre au clair :

– Howard, un petit détail... Tu ne m'as pas expliqué pourquoi tes parents parlaient comme nous, alors que toi, tu parles, comme, euh, excuse-moi, comme un vieux schnock...

– C'est simple ! Sur notre planète, nous sommes si paresseux que nous ne produisons plus nous-mêmes nos émissions. À quoi bon ? Nos antennes sont assez puissantes pour capter les ondes en provenance d'autres mondes. Mes parents sont extrêmement attachés aux émissions produites sur la Terre, pour un public jeune. Pour ma part, je ne les trouve guère à mon goût. Je maîtrise donc moins bien ce type de langage...

– Alors... que la nuit te soit douce et légère, Howard ! l'ai-je singé.

– Ouais, tranquille..., a répondu l'extraterrestre en m'imitant à son tour.

26

Le lendemain matin, Howard, ses parents, Jessica et moi nous sommes réveillés avant l'aube pour nous rendre à l'école.

J'ai cru que les yeux de Pondu allaient tomber de ses orbites quand il a vu les trois extraterrestres s'approcher de lui.

– Incroyable…, a-t-il murmuré, appuyé contre le mur d'entrée du laboratoire. Totalement dément…

Puis il s'est repris :

– Nous aurions tant à apprendre les uns des autres !

– Jake a déjà quelques notions, a avancé Howard.

– Euh, c'est pas que je m'ennuie, est intervenue Jessica, mais il vaudrait mieux qu'on ait fini avant que d'autres personnes arrivent à l'école, vous ne croyez pas?

Elle avait à peine dit ça que la porte du labo s'est ouverte… et Josh et Andy sont apparus sur le seuil.

– Qu'est-ce que vous fichez là? a demandé Pondu.

– On se demandait si Jake et Howard allaient vraiment changer de corps.

– Comment ça? me suis-je étonné.

– Eh bien, oui… On se disait que tu voudrais peut-être rester dans le corps de Howard, et Howard dans le tien… Du coup, on est arrivés hyper tôt pour te dire au revoir, au cas où. Et, comme la porte du labo était ouverte, on en a profité pour se réchauffer.

– C'est gentil, mais il va falloir me supporter encore quelques années…

– Alors, on y va, jeunes gens! s'est exclamé Pondu.

Un éclair, et j'étais de retour dans mon corps.

Tout s'est bien passé. Doris et Melvin ont retrouvé leur fils en pleurant de joie. Quand nous sommes ressortis du laboratoire, le soleil pointait à l'horizon.

Pondu a pressé le pas :

– Des gens vont arriver, et ils risquent de s'étonner de votre présence...

– Père, mère, allez-y. Je dis un mot à mes amis, et je vous rejoins.

– Tu ne vas pas encore nous poser un lapin ?

– Non, non, a promis Howard. Je vous donne ma parole !

– On peut lui faire confiance, a approuvé Doris. Il sait que rien ne sera plus comme avant.

Et ils se sont éloignés. Nous les avons suivis lentement.

– Comment allez-vous rentrer chez vous ? a demandé Pondu.

– Nos capsules sont cachées dans le bois, là-bas.

– Et elles fonctionnent...

– À l'énergie électromagnétique, dotée d'une amplification turbo réverbérée par l'effet BZ4 selon le modèle post-trigonométrique, qui permet d'atteindre la vitesse de la lumière inversée. Je ne m'y connais pas bien en techno-logie, mais, de toute manière, je ne peux pas tout vous dévoiler. Car je ne viens pas seulement d'ailleurs : je viens aussi du futur.

– Quoi ? s'est écriée Jessica.

– C'est logique ! ai-je rétorqué. Il faut des milliers d'années pour que les signaux de nos émetteurs de télévision atteignent d'autres planètes.

– Mais pourquoi avoir fait tout ce chemin vers nous ? s'est étonnée ma sœur.

– Je me doutais que, à votre époque, il existait des gens intéressants. Dans dix mille ans, vous ressemblerez peut-être à ce que nous sommes devenus…

– Et la Terre ressemblera à ta planète ? s'est affolé Josh.

– C'est très possible. Évidemment, cela vous semble incroyable à l'heure actuelle. Mais l'évolu-tion ne se fait pas en une nuit. C'est un processus progressif…

– C'est vrai, ce qu'il dit : il y a deux cents ans, il n'y avait ni centres commerciaux, ni gratte-ciel, ni voitures, ni télévision, ni téléphones mobiles, ni électricité, ni jeux vidéo…, a reconnu Jessica.

Howard a hoché la tête... Nous sommes arrivés devant le bois. Dans une contre-allée, un tas de branchages cachait une capsule transparente. Howard l'a ouverte et s'y est installé.

– Vous allez me manquer, a-t-il avoué.

– Toi aussi, tu vas nous manquer, a pleurniché Jessica. Je ne t'oublierai jamais...

Avant qu'elle ne sombre complètement dans le ridicule, l'extraterrestre a refermé la capsule. Celle-ci a commencé de vibrer. Puis, brusquement, elle a disparu sans qu'on comprenne comment. Nous nous sommes tournés vers Pondu pour avoir une explication. Un peu gêné, il a haussé les épaules et est reparti vers le laboratoire. Mais, bientôt, il s'est retourné vers moi :

– Jake ! Tu n'oublies pas que tu me dois quelque chose ?

– Mon exposé ? Je l'ai, m'sieur !

J'ai fouillé dans mon sac, et je lui ai tendu le travail de Howard. Pondu a commencé de le lire tout haut :

« Par "vie extraterrestre", il est courant d'entendre une forme d'existence particulière qui, selon des modalités différentes de celle que nous connaissons, a pu se développer sur des planètes dont, force est de le… »

Mon professeur a levé les yeux vers moi :

– Tu es sûr que c'est toi qui as écrit ça, Jake ?

– Oui, monsieur.

– Ton style s'est nettement amélioré, depuis quelque temps !

– C'est que j'ai beaucoup mûri. Il m'est arrivé des trucs tellement bizarres !

– Ah bon ?

– Un jour, je vous raconterai ça… Je crois même que j'écrirai un livre sur le sujet.

– Et ça s'appellera comment ?

– *Piégé dans le corps d'un extraterrestre*. C'est pas mal comme titre, non ?

FIN

Et pour **délirer** encore,
lis cet extrait
de

Galères d'hiver

de Fanny Joly

Une pile de cartons vient de pousser ma porte d'un coup de pied :

– Regarde, petite ! J'ai trié ma chambre : tout ça c'est pour toi. CA-DEAU !

Pour ceux qui ont la chance de ne pas le connaître, il s'agit de mon frère, Charles Girardon, 1 m 87, 66 kg et un don surnaturel pour me mettre les nerfs en vrille. Lui, il entre au lycée, premier en tout, les doigts dans le nez. Moi, depuis le CP, j'avance comme une équilibriste sous-douée sur un fil en pleine tempête. Menaçant de tomber à chaque pas. Et spécialement cette année...

– Pour la trois cent quatre-vingt-dix milliardième fois, Charles : est-ce que tu peux arrêter de m'appeler PETITE !

Mon frère pose son chargement au pied de mon lit et m'entoure de ses bras de géant :

– Eh ben, bibiche, on prend la mouche ? C'est la rentrée qui t'énerve comme ça ?

La rentrée m'énerve, c'est sûr. Penser que dans cinq jours j'aurai repris ma place sur les bancs du collège pour une année de tunnel n'a rien de réjouissant. Mais mon frère m'énerve au moins autant que la rentrée. Sans parler de mon bronzage, qui s'en va par plaques, ni de la balance, qui me jure que j'ai pris trois kilos pendant l'été. (Les kilos, moins on est grand, plus ça se voit. Manque de chance : je fais 1 m 50...)

Je jette un coup d'œil accablé sur la pile de cartons :

– C'est quoi, tout ce fatras?

– Ce fatras! Je te donne six cartons pleins de trésors, et c'est comme ça que tu me dis merci?

J'ouvre le premier carton de la pile. Une mappe-monde crasseuse. Deux patins à roulettes rouillés. Un vieil accordéon. Je referme, écœurée:

– Attends... C'est ça, tes trésors? Tu te fous de moi? Y a pas écrit «dépotoir» sur ma porte, je te signale!

Trop tard. La porte en question vient de claquer sur le rire épais de mon GRAND frère. Il ne perd rien pour attendre. Je remettrai le sujet sur le tapis. Ou, plutôt, sur la nappe du dîner.

Hélas, la nappe du dîner est déjà très encombrée. À force de vouloir rattraper le retard de courrier accumulé pendant l'été, maman a laissé brûler le rôti. Papa chipote ses «carottes-charbon» d'un air dégoûté.

– C'est effarant! Trois jours qu'on est rentrés, et

j'ai l'impression de ne pas être parti! Pas toi, Christine?

– Ne m'en parle pas! La maison, le bureau, ça déborde de partout. Il n'y a que le frigo qui est vide!

– Croupion est resté là en août, annonce mon père sombrement. Il en a profité pour fourrer son nez dans tous les dossiers, surtout les miens!

S'ensuit une pénible discussion sur les méfaits de Croupion, l'ennemi de bureau de papa. Dans un instant de silence, mon frère lance d'un ton triomphant:

– En tout cas, moi, j'ai pas perdu mon temps! J'ai rangé ma chambre comme une bête!

À ces mots, je bondis:

– C'est ça! Tout ce que monsieur ne veut pas, il l'a viré dans la mienne! Déjà que je suis la seule à ne pas avoir de placards dans cette maison...

– Ah, vous n'allez pas commencer! soupire maman. Moi, quand j'étais pensionnaire...

– Oui, on le sait, ton seul placard, c'était une

valise sous ton lit! Au fait, je vous rappelle que vous m'aviez promis...

Papa me coupe du poing sur la table:

– Ça suffit! On ne va sûrement pas investir dans des placards en ce moment!

– Tu m'as pas laissée finir, papa: vous m'aviez promis le petit pull zippé qu'on a vu avec maman au...

– Oui, eh bien, pull zippé ou pas, c'est à vous de ranger, de vous débrouiller, de gérer vos affaires! Nous, on a la toiture à refaire...

– Et les impôts à payer...

– Et si je ne suis pas au chômage d'ici là, on aura de la veine!

Après le dîner, comme pour me narguer, Charles se met à son saxo. Les gammes non stop, toutes fenêtres ouvertes, c'est trop pour moi: je sors me changer les idées. Dix minutes plus tard, je me retrouve en bas de l'immeuble de Camille. Je sonne à tout hasard.

— Camille? C'est Marion!

— Ça alors! Je viens d'appeler chez toi! Je suis rentrée hier soir...

Camille est ma meilleure amie. Elle vit avec son père dans un appartement aussi vaste et clair que notre maison est biscornue et encombrée. Elle m'accueille au milieu des valises et des odeurs de peinture.

— Ça a changé, ici!

— Papa a fait refaire ma chambre pendant qu'on était partis...

— Ta chambre? Mais elle était nickel!

Camille éclate de rire :

— Elle était nickel-bleu-ciel, maintenant elle est nickel-jaune-soleil.

— T'as trop de chance! Tu verrais la mienne! En plus, mon frère a décidé de s'en servir comme poubelle!

— Allez... Te plains pas. C'est pas drôle d'être toute seule, tu sais. Toi, t'as une famille...

C'est vrai que Camille est presque toujours seule. Juste après sa naissance, ses parents se sont disputés et sa mère est repartie dans son pays d'origine, en Argentine. C'était une très belle femme, paraît-il. Elle n'a jamais donné de nouvelles, ni cherché à en avoir. «Comme si j'étais juste une erreur sur son parcours», m'a confié Camille, en pleurant, l'une des rares fois où elle m'en a parlé.

– Alors, Bali, c'était comment? dis-je pour changer de sujet.

Les yeux de Camille retrouvent le sourire :

– Magnifique, inimaginable! Papa a fait plein de photos, et moi plein de dessins, regarde…

J'adore les dessins de Camille. C'est incroyable, le don qu'elle a. J'aurais envie d'encadrer chaque page du carnet de voyage qu'elle me montre. Quant aux photos, elles ressemblent à des images de rêve sur catalogue, sauf qu'entre les temples et les palmiers, je reconnais ma copine…

Une heure plus tard, je rentre de chez Camille en méditant sur la chance et la non-chance lorsqu'au coin de la rue Fléoutier, sur une palissade de chantier, une affiche bleue, fraîchement placardée, m'attire l'œil :

« FAITES DE LA PLACE ET DES AFFAIRES !
DIMANCHE 28 AOÛT, DE 9 À 18 HEURES,
VIDE-GRENIER AVENUE THIERS. »

Quel programme ! Moi qui n'ai plus un centimètre d'espace libre dans ma chambre, ni le premier centime pour acheter le pull zippé que mes parents refusent de m'offrir, voilà qui mérite réflexion…

28 août, à l'aube. La maison dort encore lorsque je mets le nez sur le perron. Douze voyages, pas un de moins, pour trimballer discrètement jusqu'au garage les cartons de Charles et les sacs poubelles que j'ai remplis pendant la nuit.

L'affiche du vide-grenier a déclenché en moi une

furie de rangement. La collection de poupées folkloriques, le presse-papiers en fer à cheval, le bouquet de fleurs séchées, la lampe cassée, la dînette du Noël de mes huit ans, les palmes trop petites, qui tombent chaque fois que j'ouvre mon armoire... toutes les vieilleries qui m'encombrent : hop ! dans des sacs poubelles. Papa m'a dit de «gérer» mes affaires, je les gère !

Ce matin, j'ai revêtu mon plus beau T-shirt, le bleu que m'a offert Camille, j'ai passé un coup de blanc sur mes tennis et un bon quart d'heure dans la salle de bains à me coiffer et à me maquiller. La remorque qui nous sert à partir en camping une fois tous les cinq ans et qui dort sous la poussière le reste du temps, contient tout juste mon chargement. J'ouvre la grille, et je m'élance dans la rue des Acacias. Enfin... S'élancer est peut-être un grand mot. Je n'ai jamais réalisé que notre rue était si pentue.

De grosses gouttes de transpiration ne tardent pas

à me dégouliner sur le front. Pourvu que le mascara de maman soit waterproof! Tant pis, je suis partie, rien ne peut plus m'arrêter. Le grincement des roues perce le silence du dimanche matin. Je me lève rarement si tôt. J'ai tort. J'adore cette impression que la ville n'est qu'à moi. Dans une vitrine, je m'aperçois : on dirait une de ces fourmis qui transportent un caillou trois fois plus gros qu'elles.

Avenue Thiers, une certaine effervescence règne déjà. Quelques camionnettes, des breaks, des gens qui s'affairent, chargent et déchargent, l'air concentré. Je repère une place libre au bout d'une allée. Sur le stand d'à côté, un type rondouillard, face de lune, ventre en avant et bretelles par-dessus son pull, m'observe, les mains serrées sur une tasse fumante.

– Je peux me mettre là?

– Bien sûr! me sourit-il comme s'il m'accueillait dans son salon.

Une heure plus tard, mon stand est prêt et ma tasse de bouillon presque vide. Le bouillon à dix heures du matin, je ne peux pas dire que j'en raffole, mais «Face de lune» me l'a offert si gentiment que je n'ai pas osé refuser. Je déplace encore quelques objets, histoire de les présenter sous leur meilleur jour...

– Elle est bien comme ça, votre marchandise! observe mon voisin, en connaisseur. N'y touchez plus. Et, surtout, un conseil d'ami: ne mettez pas les prix. Moi, les vide-greniers, je connais, ça fait plus de vingt ans que je les pratique. Quand un client s'arrête, vous le jaugez. Vous décidez de votre prix pendant qu'il regarde.

Comme exprès, dans l'instant qui suit, un papy à fine moustache tourne autour de la vieille mappemonde:

– Elle s'allume?

J'hésite. Je n'ai pas souvenir d'avoir vu cette mappemonde allumée. «Face de lune» me fait signe, hochant la tête avec fougue. J'avale ma salive et je me lance:

– Oui, oui.

Le papy soulève l'objet, sans doute à la recherche d'une étiquette. «Face de lune» sort de sa poche un billet de 50 francs qu'il brandit à mon intention dans le dos du papy. Je poursuis sur ma lancée.

– Vous voulez savoir le prix? Cinquante francs!

– Ça marche à pile ou sur secteur?

Je scrute la mappemonde comme si elle allait répondre à cette délicate question.

– Euh… Oh… Les deux, peut-être!

Le papy me toise, méfiant. «Face de lune» vient à la rescousse:

– Cinquante francs, c'est une affaire, m'sieur!

– Trente! rétorque le papy d'un ton sec.

Trente? Franchement, je n'en espérais pas tant. Dans ce cas, pourquoi pas quarante? Je tente le coup.

– Trente-cinq! tranche le papy.

Les pièces tintent dans ma main. La mappemonde s'en va dans les bras du papy. Je remercie «Face de lune» pour ses précieux conseils.

– Normal, entre collègues, faut s'entraider, miss! Bon, c'est pas le tout mais j'ai une petite faim, moi. Je vous rapporte quelque chose? Hot dog? Sandwich aux rillettes?

– Non, non, merci, ça ira! Votre bouillon m'a calée…

Découvre vite la suite de cette histoire dans

Galères d'hiver

N° 241

MARION
DELIRES
ET CHARLES

Tu as aimé **sourire et rire ?**

Alors les autres titres de sont pour toi :